バリ山行

베리에이션 루트

バリ山行

마쓰나가 K 산조 장편소설

김은모 옮김

은행나무

차 례

일러두기

* 본문의 주는 모두 옮긴이의 것으로, 괄호 안에 글씨 크기를 줄여 표기했습니다.
* 외래어표기법에 따라 지명에 '강' '산' 등의 뜻이 들어 있는 경우 겹쳐 적어야 하나,
  지명이 다수 언급되는 작품 특성에 따라 가독성을 위해 겹쳐 적지 않았습니다.
  예)간논야마산->간논산

산이요? 처음으로 등산을 권유받은 것은 4월. 야마걸(등산을 즐기는 젊은 여성을 가리키는 말로, '야마'가 산을 뜻한다)이라는 사무직원 다몬 씨가 말을 걸길래 나는 키보드를 두드리던 손을 멈추고 고개를 들었다.

"네! 하타 씨도 같이 가요."

산. 언제 마지막으로 갔더라. 고등학교, 아니, 중학교 시절이다. 동아리에서 합숙 훈련차 단바시(市)의 산에 오른 기억이 났다. 대학생 때 여행지에서 한밤중에 술에 취해 친구와 숙소 뒤편의 산길을 쏘다닌 건 등산이라 하지 않으리라.

정년퇴직 후에 촉탁 직원으로 근무하는 등산 경력 20년의 마쓰우라 씨가 "다 같이 한번 갈까?" 하고 제안했다고 한다. 그러고 보니 사내 인터넷 게시판에 '봄철 롯코산 등산' 이라는 제목의 글이 올라왔다. '운동 부족 해소를 위해. 선착순 열 명 한정. '등'골 빠지는 일상에 '산'행으로 힐링을.' 썰렁한 2행시를 곁들인 내용이었다. 헬스클럽을 그만둔 후로 운동이 부족하기도 했고, 아웃도어 활동에도 흥미가 있긴 했다.

하지만 가려면 주말에 거의 온종일 집을 비워야 한다. 그날 밤 아내에게 상의했더니 "다녀오지 그래?" 하고 의외로 선선히 승낙했다. 다음 날 '참가 희망' 메일을 보내자 화장실에서 마주친 마쓰우라 씨가 "오, 하타 군이 딱 열 명째야" 하고 소변기 앞에서 몸을 흔들며 말했다. 글이 올라오고 하루밖에 지나지 않았는데, 회사 행사치고는 의외의 인기였다. 한큐 전철 아시야가와역에 집합해 고자강을 따라 올라간다. 록가든, 가자후키 바위를 거쳐 아마가 고개로. 거기서 정상으로 향하는 것이 롯코산 등산의 왕도 코스라고 한다.

"록가든은 꽤 울퉁불퉁한 바위밭이야. 운동화로도 못 갈 건 없지만, 이참에 등산화를 사는 게 어때? 배낭은 뭐든지 상관없어. 그리고 바위밭을 지나려면 목장갑 같은 게 있으면 좋겠지. 아, 컵라면이랑 물도 챙겨오고."

배낭은 있다. 오래전에 달리기를 할 때 신었던 운동화와 메시 소재 야구 모자도 있다. 목장갑은 회사 창고에서 미끄럼 방지 코팅된 걸 한 켤레 챙겼다. 산에서 컵라면 먹기. 난 그걸 한번 해보고 싶었다. 하지만 뜨거운 물은 어떻게 구할까. 마쓰우라 씨가 모닥불이라도 피워서 끓여주려는 걸까.

역 앞 광장은 등산객으로 넘쳐났다. 나는 집에 있는 옷을 대충 걸치고 왔는데 주변 사람들은 색색의 등산복을 갖춰 입었다 보니 초심자티가 확 나서 몹시 어색했다.

다리에 무지개색 토시를 낀 다몬 씨는 물론, 다몬 씨의 권유를 받고 참가한 다니구치 씨도 겉모습만큼은 완전히 야마걸이었다. 나와 마찬가지로 영업과이자 역시 초심자일 구리키도 등산복을 잘 차려입고 왔다. 직전에 한 명이 불참하겠다고 연락해서 총 아홉 명. 모두 모이자 마쓰우라 씨는 광장 구석에 우리를 둘러 세우고 산에서 주의할 사항을 길게 설명했다. "다시 한번 말할게. 단독 행동은 엄금. 절대 무리하지 말 것. 서로 올라가는 속력을 맞출 것. 쓰레기를 버리지 말 것." 학교 행사에서 훈시하는 듯한 그 모습에 지나가던 몇몇 사람이 웃음을 터뜨렸다.

역에서 강을 따라 이어지는 길에 등산객 행렬이 보였다. 우리 같은 남녀 혼성 그룹, 아이를 데리고 온 가족, 혼자 온 사람, 여성으로만 이루어진 그룹 등등. 어느 정도 혼잡할 것이라 예상하긴 했지만, 휴일에 등산객이 이렇게 많은 줄은 꿈에도 몰랐다.

"와, 장사진이네." 경리 난바 씨의 말에 "뉴스에서 아웃도어붐이라고 하더라고요" 하고 총무과 고노 씨가 답했다.

산 쪽의 주택가를 나아가는데 길 끝에 짙은 녹음이 드리워져 침침한 곳이 보였다. 등산로였다. 산으로 들어가니 공기가 확 달라지는 것을 알 수 있었다. 나무들이 머리 위를 덮었고, 나뭇잎 사이로 비치는 햇빛이 땅에 흩어졌다. 등산로 옆은 깊게 떨어지는 골짜기로 바닥에는 계곡물이 흘렀다. 걸음을 옮기니 상쾌한 물 냄새가 골짜기를 타고 올라왔다. 역에서 걸어서 20분. 거리에서 얼마 떨어지지 않은 곳에 이런 경치가 있다는 사실에 놀랐다.

록가든이라고 불리는 곳은 경사가 심한 바위밭이다. 얼핏 어마어마한 난코스로 느껴졌지만, 막상 덤벼보니 미리 배치해놓은 것처럼 잡을 곳과 발 디딜 곳이 많아서 재미있게 올라갈 수 있었다. 마쓰우라 씨의 설명에 따르면 옛날부터 많은 등산객이 이 왕도 코스를 오르다 보니, 흙이 깎이고 바위가 손발에 맞게 닳아서 자연스레 클라이밍 벽처럼 변했다고 한다. 비명을 지르는 다니구치 씨를 다 함께 밀고 당기면서 도와주고, 화기애애하게 웃으며 암벽을 올랐다. "삼점지지, 두 손과 두 발 중에 셋은 바위에 대고 있어야 해!" 하고 위험한 곳에서는 마쓰우라 씨가 위에서 주의를 주었다. 구리키도 배낭을 세 개나 맡아서 들고 여직원들이 올라가는 걸 도왔다.

굽이진 등산로에 자리한 광장에서는 고베의 거리가 한눈에 들어왔다. 산기슭 저편의 거리와 바다가 하나로 섞이듯 엷은 안개에 파랗게 녹아들었다. 저 멀리 보이는 산맥은 정말로 푸르렀다. 그런 생각을 하며 경치를 바라보는데, "아, 오늘은 안개가 껴서 별로네" 하고 뒤에서 누군가 말했다. 하지만 내게는 신선한 풍경이었다.

"400칼로리 태웠다!" "이제 한 시간 40분?" 다몬 씨와 다니구치 씨가 핸드폰 화면을 같이 들여다보았다. 등산 지도가 나오고 GPS로 현재 위치를 알 수 있으며, 다른 사람의 산행 기록도 얻을 수 있는 등산 앱이라고 한다. "얼마나 걸었는지 알 수 있고, 높이와 소비 칼로리도 나와요!" 다몬 씨의 설명을 듣고 있는데 "아, 나도 계정 만들었어요" 하고 구리키가 끼어들었다. 아무래도 다몬 씨에게 관심이 있어서 참가한 듯했다.

낮에는 마쓰우라 씨와 다몬 씨, 역시 등산이 취미라는 설계과 마키 씨가 버너로 물을 끓여서 각자 가져온 컵라면에 부어주었다. 모닥불은 아니었지만 산에서 먹는 컵라면은 맛있었다. "최고로군요!" 구리키도 신난 목소리로 떠들었다. 컵라면을 먹은 후 마쓰우라 씨가 종이컵에 타 준 인스턴트커피도 어째선지 신기하리만치 맛있었다.

"나도 버너 살까" 하고 중얼거린 구리키가 마키 씨에게 고화력 버너의 가격을 듣고 소리쳤다. "와! 이게 그렇게 비싸다고요?"

"그야 비싸지. 등산은 원래 부유층의 취미였거든. 젠틀맨의 스포츠라고. 일본에서 제일 먼저 등산을 레저스포츠로 즐긴 사람은 어니스트 메이슨 사토(영국에서 일본학의 토대를 마련한 19세기 주일공사)를 비롯한 몇몇 영국인이야. 그들이 오른 산이 바로 여기라고 하니까, 높지는 않지만 롯코산이야말로 우리 나라 근대 등산의 발상지로서 유서가 깊다고 할 수 있겠지." 마쓰우라 씨가 가슴을 펴고 설명했다.

"왜 외국인인데 이름이 사토예요?" 다몬 씨가 물었다. "그건 몰라. 아무튼 영국인이야. 그의 동료인 윌리엄 가울랜드와 음, 로버…… 어쩌고라는 사람, 그렇게 셋이 등산한 게 최초라고 해. 가울랜드는 일본 알프스라는 이름을 붙인 사람이기도 하지" 하고 롯코산맥의 서쪽 끄트머리, 고베시 스마구에 사는 마쓰우라 씨는 자랑스럽게 말했다(일본 알프스는 주부 지방에 있는 히다산맥, 기소산맥, 아카이시산맥을 아울러 부르는 이름으로, 고베와는 관계가 없다).

초원이 펼쳐진 히가시오타후쿠산의 꼭대기에서 햇살을 받고 옅은 홍색으로 빛나는 바다가 보였다. 사람들에게서 조금 떨어져 담배를 피우던 후지키 상무가 휴대용 재떨이를 흔들면서 돌아와 내 옆에 앉았다. 목에 건 수건으로 얼굴을 닦으며 "가끔은 회사 동료와 이렇게 나오는 것도 좋지?" 하고 내 속내를 꿰뚫어 본 것처럼 말했다.

도시를 떠나 흙을 밟으며 자연을 거닌다. 차갑고 습한 산 공기에 업무로 쌓인 스트레스가 씻겨나가는 것 같았다. 사회인이 되고 나서 산에 오르자 신선한 기분이었다. 녹음에 둘러싸인 등산로, 전망대에서 바라보는 풍경, 밖에서 물을 끓여서 먹는 컵라면. 마쓰우라 씨가 타 준 인스턴트커피. 집에 돌아가서 샤워한 후 앱을 열어 그날 산행 기록과 사진을 보았다. 나른하게 밀려오는 피로는 오히려 기분 좋았고, 다음 날은 신기하게도 몸이 가벼웠다.

원래 단발성 행사였지만 참가자들에게 호평을 얻고 참가 희망자가 더 생겼기에 마쓰우라 씨는 신나서 등산 행사를 다시 기획했다. 결국 한 달에 한 번쯤 사내 게시판에 알림글이 올라오는 정기 행사로 자리 잡았다.

보통은 교통편이 좋은 롯코산맥의 산 중에서 골라 긴초산, 후타타비산, 마야산을 올랐다. 그 외에 다카라즈카시(市)의 나카산, 미노오시(市)의 가쓰오지미나미산에도 갔다. 흥미를 보인 직원들이 잇따라 참가했고, 총 50명이 안 되는 직원들이 한 번씩은 산에 오르고 나자 멤버가 거의 고정되어 '동아리' 형태로 변했다. 물론 나도 고정 멤버 중 한 명으로, 운동도 되거니와 짧은 여행 기분도 맛볼 수 있는 등산의 매력에 푹 빠졌다. 드디어 회사에서 내가 있을 곳을 찾은 것 같은 기분이었다.

산행 계획은 늘 마쓰우라 씨가 세웠고, 경리 난바 씨가 여기서도 회계를 맡았다. 마키 씨와 구리키도 끼었다. 야마걸인 다몬 씨와 다니구치 씨가 글을 올려서 홍보했고, 글을 본 후지키 상무와 현장 일을 마무리하고 회사로 돌아온 공사과 사람들도 가끔 참가했다.

처음에는 젊은 직원이 많은 영업과에서도 몇 명 참가했지만, 대부분 '소풍' 같다고 비웃으며 그만뒀다. 아주 치밀한 마쓰우라 씨의 산행 계획에는 휴식이 많이 포함되고, 산을 타는 속도도 느리다. 강도 측면에서 부족함이 느껴질 수도 있겠지만, 초심자부터 숙련자까지 남녀노소로 이루어진 그룹이라 어쩔 수 없었다.

"잘됐네, 좋은 취미도 생기고."

휴일인 주말에 이제 막 걸음마를 뗀 딸을 아내에게만 맡겨놓는 꼴이지만, 등산은 '회사 행사'이기도 했으므로 아내의 이해를 얻기가 그나마 쉬웠다. 등산을 시작한 지 반년, "살이 좀 빠졌나?" 하며 셔츠 자락을 걷어 올리고 옆구리를 잡아보는데, 아내는 냄비에 시선을 고정한 채 "그런 것도 중요해" 하고 딴소리를 했다.

오래된 건물 보수. 내부 리모델링 회사에서 옥상 방수 공사와 외벽 도장 등 건물 외장 보수가 전문인 닛타 테크 건축도장으로 옮긴 지 2년이 지났다. 처음에는 무리해서 회식에 참석했지만, 회사 생활에 익숙해지자 귀찮아서 거절하게 됐다. 나는 핑계를 대기 위해 딸이나 아내가 고열에 시달린다고 거짓말을 했고, 스미노에구의 맨션에 혼자 살며 지역의 에어로빅 동아리를 이끌 만큼 활발하게 돌아다니는 어머니를 간병이 필요한 환자로 만들었다. 그런 식으로 상사나 동료의 제안을 거절하고 늘 집으로 곧바로 오는 내 모습에 오히려 아내가 걱정됐는지 "회사 생활은 어때?" 하고 가끔 물었다. "그냥 그래" 하며 넥타이를 풀 뿐 자세히 이야기하지는 않았지만, 나보다 늦게 입사한 구리키가 핫토리 과장에게 귀여움을 받으며 영업과에 잘 적응한 반면,

나는 어느새 겉돌기 시작했다는 걸 느꼈다.

"그런 건 예나 지금이나 변함없어. 업무에 포함된다고 봐야지."

블라우스 차림 그대로 앞치마를 맨 아내가 말했다. "실적을 쌓은들 높게 평가받는 건 회사 생활을 잘하는 사람이더라." 대형 보험 회사에서 풀타임으로 일하는 아내의 불평어린 목소리를, 나는 태블릿PC를 들고 내 무릎 위에 웅크려 앉은 딸의 등을 바라보며 들었다.

"사람들과 부대끼면서 하는 일이니 어쩔 수 없지."

최소한의 교류는 '매너'로 요구된다. 작은 회사에서 일하는 이상, 아니, 큰 회사라도 소속 부서나 지점에서 사람들과 교류하는 건 피할 수 없다. 마쓰우라 씨의 산행 계획에 참여한 것도 스스로 그렇게 반성했기 때문이었다.

하지만 산에 몇 번 오르며 어느덧 내 핸드폰에는 등산에 관련된 것들이 늘어났다. 등산 앱을 설치한 것은 물론, 간사이 지방의 산을 소개하는 블로그와 등산 유튜브 채널도 구독했다. 거기에 새로 올라온 글이나 영상을 확인하고 앱에서 팔로우한 상대의 산행 기록을 구경하면서 점심시간을 보냈다.

얼마 지나지 않아 등산용품과 장비 소개 영상을 보기 시작했고, 관련 지식이 쌓이자 아웃도어 브랜드에 관심이 생겼다. 마무트, 밀레, 하그로프스, 아크테릭스. 퇴근길에는 고베의 구 거류지(1858년에 맺어진 안세이 5개국 조약을 근거로 치외법권 등을 인정한 외국인 거류지를 가리킨다)에 늘어선 등산용품점에 들러 등산복과 장비를 구경했다. 그러자 일단 저렴한 가격으로 대충 구입한 등산복과 장비에 불만이 생겼다. 산에서도 고급 브랜드의 등산복을 쫙 빼입고, 배낭과 등산화도 비싸 보이는 등산객의 모습에 시선이 갔다. 나는 용돈을 절약해 한 푼 두 푼 모으고, 등산용품 마니아인 마키 씨의 가르침을 받으며 옷과 장비를 조금씩 새롭게 갖췄다.

등산 자체에 나가는 돈은 등산로까지 가는 교통비와 음료수, 보급식, 점심으로 먹을 컵라면 값 정도다. 가까운 산에 가면 온종일 놀고 와도 1000엔도 들지 않는다. 처음에는 돈이 들지 않는 좋은 취미를 찾아냈다고 생각했지만, 등산복과 장비에 빠지자 지출이 끊이지 않았다. "어, 또 샀어? 진짜 겉모양만큼은 일류네" 하고 아내도 어이없어했다.

그 무렵 후지키 상무가 사장과 협의해서 조금이나마 활동비가 지급되자, 마쓰우라 씨는 등산 동아리를 '산악회'로 바꾸고 회장을 자임했다. 마다하는 마키 씨를 부회장 자리에 앉히고 후지키 상무는 고문으로 모신 후, 마쓰우라 씨는 업무 시간에 '무사시명마(無事是名馬, 능력이 다소 떨어져도 다치지 않고 무사히 잘 달리는 말이 명마라는 뜻으로, 평온무사함을 강조하는 일본의 속담)'로 시작되는 회칙을 워드로 작성하고 출력해서 회원들에게 나누어주었다.

"아, 다몬 씨, 앵커 미장사(社)의 청구서 아직 못 받았는데?" "히가시마치 빌라, 연락됐어? 곧 공사 보증 기간 끝나." "마키 씨, 다음 주에 협의하러 갈 때 같이 가주시면 안 될까요? 그쪽에도 1급 건축사가 있거든요."

산에 올라가도 직원들끼리 있다 보니 꼭 업무 관련 이야기가 나왔다. 가끔 누군가가 "일 이야기 금지!" 하고 제지했지만, 그래도 얼마 지나지 않아 회사 내부 일이 화제에 올랐다.

"사장님 또 스미 씨와 함께 나갔어. 대체 무슨 일일까." "지난달 접대비가 어마어마하게 나왔던데요." "스즈키 씨와 고구레는 헤어진 모양이야." "앗, 언제?" 사장의 동향부터 회사 내부의 가십까지, 나 같은 사람은 회사에서 듣지 못할 이야기도 있었다.

산악회를 통해 지금까지 이야기를 거의 나눠본 적 없는 설계과 마키 씨, 서류가 미흡하다고 잔소리만 하던 난바 씨와 마음을 터놓은 건 좋았지만, 회사를 그대로 산에 옮겨놓은 듯한 대화를 듣고 있으면 질리기도 했다. 역시 이건 아내 말마따나 '업무'일지도 모르겠다.

그런 성격의 산행에 메가 씨가 참가한다고 들었을 때는 의외였다.

메가 씨, 영업2과 주임. 메가라니, 임팩트가 느껴지는 이름이다. 나는 입사하고 몇 달쯤 지나서야 처음으로 그 이름을 들었다.

메가 씨는 오래 머물던 현장에서 어느 틈엔가 사무실로 돌아와 제일 동쪽의 안쪽 자리, 맞은편 신사의 잎이 파릇파릇한 벚나무가 보이는 창문을 등지고 앉아 있었다.

"응응, 다 갖출 필요는 없어. 아, 꼭대기는 초록색이니까 틀리지 말고."

전화로 업자와 협의 중인 듯한 메가 씨의 말투는 간사이 말투가 아니었다. 그리고 그런 말투 탓인지, 어쩐지 주변과 거리가 있는 것처럼 보였다. 보통 공사과 사람이 현장에 있다가 몇 달 만에 사무실로 돌아오면 "오, 수고 많았어", "고생하셨어요" 하고 직원들이 노고를 알아주지만, 오랜만에 돌아왔을 메가 씨에게는 아무도 말을 걸지 않았다. 또한 돌아왔다는 사실 자체를 신경 쓰지 않는 것 같았다.

"4월부터 일하고 있습니다. 하타라고 합니다."

내가 곁에 다가가서 그렇게 말했는데도 메가 씨는 알아차리지 못했다. 수염이 삐죽삐죽 자란 입을 반쯤 벌리고 약간 큰 앞니를 드러낸 채 컴퓨터 화면만 들여다보았다.

"저, 저기 4월부터……." 다시 말을 걸자 메가 씨는 드디어 고개를 들더니 "앗" 하고 허둥지둥 일어서서 고개를 숙였다. "안녕하세요, 메가입니다." 그리고 내 얼굴을 빤히 바라보다가 쑥스러움을 감추려는 듯 멋쩍게 웃었다.

자리에서 일어선 메가 씨는 의외로 키가 작았다. 도료로 더러워진 작업복 밑단을 여러 번 접었는데도 쓸려서 닳은 바지 자락이 후줄근한 안전화 위에 늘어져 있었다. 곱슬곱슬한 머리는 약간 세었다. 마흔 살 전후일까. 축 처진 굵은 털실 같은 눈썹, 검은 살빛, 뚜렷한 이목구비로 보건대 전형적인 남방계 얼굴이었다.

"메가 씨, 잘 부탁드립니다!"

내가 메가 씨와 이야기다운 이야기를 나눈 것은 그때뿐이었다. 그 후 메가 씨는 또 어느 현장에 들어가기 위해 사무실에서 모습을 감추었다. 그래서 나는 메가 씨가 당연히 공사과 소속인 줄 알았다.

"메가 씨는 영업2과예요." 내게 알려준 사람은 다몬 씨였다.

영업2과는 주로 작은 공사를 담당한다. 조사해서 보수를 제안하며, 한 달 정도로 끝날 공사는 견적을 내고 영업 담당이 그대로 현장에 들어가기도 했다. 나는 대규모 공사를 담당하는 영업1과 소속이므로 2과 사람과는 교류할 기회가 적었다. 또한 사장의 방침상 영업 담당은 기본적으로 정장을 입고 다녔으므로, 늘 작업복 차림인 메가 씨를 공사과로 착각한 것도 무리는 아니었다.

메가 씨는 부서 내에서나 자연스럽게 만들어지는 회사의 어느 그룹에도 속하지 않았다. 또한 누구와도 어울리지 않고 늘 혼자 덤덤히 업무를 처리했다. 퇴근길에 동료와 한잔하러 가지도, 점심시간에 누군가와 밥을 먹으러 가지도 않았으며, 사무실에 있을 때는 자리에 혼자 앉아 집에서 가져온 커다란 주먹밥이나 컵라면을 먹었다.

근속 연수는 15년 이상. 다들 경력직으로 들어온 가운데 상무 다음가는 고참이라고 한다. 하지만 업계 모임이나 회사 여름철 단합회 같은 행사에 메가 씨는 대개 불참했다. 이제 포기했는지 아무도 신경 쓰는 기색이 없었고, 신기하게도 메가 씨만큼은 불참을 허용해주는 듯한 분위기였다.

"메가 씨 가족은?" 속속들이 캘 작정은 아니었지만 난바 씨에게 슬쩍 물어본 적이 있었다. 아버지, 복지작업소(장애인의 자립과 사회 참여를 지원하는 일본의 공공기관)에 다니는 남동생과 함께 시영 주택단지에 산다고 했다. 메가 씨가 아버지와 남동생을 부양한다는 이야기까지 들었지만, 아무래도 더 물어보기는 꺼려졌다.

아무튼 눈에 띄지 않고, 사람들과 잘 어울리지 못하고, 얌전하다. 늘 사무실 동쪽 끝 창문 앞에 앉아 있는 메가 씨에게 나는 그런 이미지를 품었다.

"그 자식, 불같이 화를 낸다니까." 그렇게 말한 사람은 메가 씨와 같은 영업2과의 하나타니 씨였다. "어, 메가 씨요?" 하고 불쾌감을 감추지 않고 인상을 찌푸린 공사과의 사토는 어이없다는 듯 말했다. "엄청 혼났어요. 그게, 영문을 모르겠다니까요." 메가 씨에 대한 두 사람의 평가가 너무 의외라서 나로서는 이해가 가지 않았다. 뭔가 두 사람에게 문제가 있었던 것 아닐지 추측해보았지만, 본인들에게 짐작 가는 구석이 없고 불합리하다고 생각하니까 그런 식으로 말했으리라.

쑥스러움을 감추듯 멋쩍게 웃던 메가 씨와 불같이 화를 내는 메가 씨. 그 두 모습이 아무래도 연결되지 않았다. 그러던 어느 날, 나도 메가 씨에게 불호령을 들었다.

"누가 다카사고의 현장으로 빨리 좀 가주세요!"라는 요청에 나는 필요한 재료를 사륜 경차에 싣고 가고카와 우회도로를 달려 다카사고시(市)로 향했다. 거기는 메가 씨가 있는 곳이었다.

간이 화장실 옆에서 손을 쳐든 메가 씨 앞에 차를 댔다. "미안해." 사과하는 메가 씨에게 "아니에요"라고 대답하고 함께 재료가 든 양철통을 내리는데, 메가 씨가 갑자기 손을 멈추더니 "어, 지연제는?" 하며 내 얼굴을 보았다. 당시 나는 기온이 높은 여름철에 지연제를 사용한다는 사실을 아직 몰랐다.

"이것만 가져왔는데…….' 내 대답에 메가 씨는 "날씨가 이렇게 푹푹 찌는데 안 가져왔다고? 생각 좀 하고 살아!" 하고 느닷없이 무섭게 고함을 지르더니 팔꿈치로 내 가슴을 툭 쳤다.

너무 갑작스러운 나머지 당황해서 영문도 모른 채 사과한 뒤 "바로 가져오겠습니다" 하고 말했다. 하지만 메가 씨는 "그럼 늦어!"라더니 업무용 핸드폰을 귀에 댔다.

메가 씨가 사무실에 뭐라고 전달했는지는 모르지만, 나는 지시받은 물건을 전부 가지고 왔다. 물론 내 지식이 부족한 탓도 있었겠지만, 굳이 그런 식으로 말할 필요는 없지 않나 싶어서 몹시 불만스러웠다.

"현장이 중요한 건 알지만요." 그런 경위를 털어놓자 영업1과 아오키 씨는 "그 사람, 그런 면이 있지" 하고 담배를 문 입을 일그러뜨렸다. 메가 씨는 현장에 관련된 일에는 인정사정이 없다고 한다. 분명 하나타니 씨와 사토도 비슷한 일을 겪었으리라. 그런 일이 되풀이되어 반발을 사고 사람들과 멀어진 끝에 고립된 걸까. 사내에서는 현장의 안전 서류를 담당하는 다몬 씨만이 메가 씨와 서류를 주고받을 때 말을 한두 마디 나누는 정도였다.

여름철 시공에 대해 지식이 부족했던 내게도 과실이 있었으므로 그 일로 메가 씨를 원망할 생각은 없었지만, 메가 씨가 무섭고 이해가 가지 않았다. 그래서 피해 다닐 정도로 꺼리지는 않았지만 굳이 다가가지도 않았다.

그런 메가 씨가 왜 이제 와서 산악회 행사에 참가하려는 걸까. 메가 씨는 같은 영업2과 사람들과도 어울리지 않고 고립된 상태였지만, 유일하게 후지키 상무와는 싹싹하게 이야기를 나누었다. "방수 관련 업무는 녀석이 제일 잘 알아" 하고 후지키 상무도 메가 씨를 특히 총애하는 듯했다. 작년에 대형 종합 건설사도 두 손 든 지방 은행 점포의 누수 문제를 반년 걸려 해결하고, 그 기량을 인정받아 히메지 시(市)에 있는 본점 사옥의 대규모 보수 공사를 직접 수주 했을 때는 상무가 메가 씨의 어깨를 감싸안고 "해냈어, 대 단해!" 하고 울먹이며 웃음을 지었다. 두 사람 사이에는 통 하는 구석이 있는지, 상사와 부하 이상의 관계처럼 보이기 도 했다. 그런 후지키 상무는 올해를 끝으로 사임할 예정이 었다.

"이봐, 하타 군." 마쓰우라 씨가 바퀴 달린 의자로 미끄러 지듯 다가와서 낮은 목소리로 말했다.

"이번 산행 후에 아리마로 갈 거야. 예약해놨으니까 갈아 입을 옷 가지고 와."

"온천에 가나요?" 하고 묻자 "후지키 고문의 송별회야" 하고 마쓰우라 씨는 고개를 끄덕였다.

그리하여 11월 산행에 메가 씨가 왜 참가하는지 수수께 끼는 풀렸지만, 화기애애한 산악회 행사에 참여하는 것은 역시 의외라 어쩐지 기분이 찜찜했다.

그런데 산행 당일, 집합 장소인 역 앞 광장에 메가 씨의 모습은 보이지 않았다.

"그럼 갈까." 개의치 않고 마쓰우라 씨가 걸음을 옮기자 "어, 메가 씨는요?" 하고 구리키가 학생처럼 손을 들고 물었다. "요코 연못에서 합류하겠대." 초장부터 산행 계획에 찬물을 끼얹은 셈이라 그런지 마쓰우라 씨는 언짢은 투로 말했다.

동서로 약 30킬로미터 길이인 롯코산맥에는 산으로 들어갈 수 있는 입구가 많고, 등산 루트도 아주 다양하다.

"정말이지 늘 제멋대로라니까. 기껏 상무님이 같이 가자고 해주셨는데." 마쓰우라 씨가 턱을 내밀고 분통을 터뜨리자 "너무 그러지 마" 하고 상무가 마쓰우라 씨의 어깨를 두드리며 너그럽게 웃었다. 그리고 "자, 가자, 가자!" 하고 손뼉을 치며 모두를 재촉했다.

"상무님이 너무 봐주셔서 그래요." 원래 공사과였다가 촉탁 직원이 된 후로는 애프터서비스를 담당하는 마쓰우라 씨가 투덜거렸다.

애프터서비스 관련 사항을 모조리 파악해두고 싶어 하는 마쓰우라 씨에게 현장 업무를 하나부터 열까지 도맡는 것도 모자라 애프터서비스까지 대응하는 메가 씨는 눈엣가시일 것이다.

"안녕하세요" 하고 내려오는 사람들과 인사를 나누고, "먼저 가세요" 하고 앞질러 가는 트레일러너에게 길을 양보하며 등산로를 줄지어 걸어갔다. 가을철 주말이라 그런지

산은 몹시 혼잡했다.

　가자후키 바위에 도착하자 오랜만에 참여한 다니구치 씨는 "여기를 골인 지점으로 하면 안 돼요?" 하고 바위에 달라붙듯이 주저앉았다. "아, 찍자, 찍어!" 그 모습이 재미있었는지 구리키가 핸드폰을 들이대며 호들갑을 떨었다. 그런 광경을 바라보며, 수풀 속에서 담배를 피우는 후지키 상무 옆에서 나는 물통에 담아 온 차를 마셨다.

　"실은 메가도." 상무는 거기서 말을 끊고 입술을 핥더니 비밀이라도 밝히듯 말을 이었다.

　"산을 타."

　네? 아, 그런가요? 메가 씨가 오늘 산행에 참여한 이유는 알았지만, 등산도 한다는 건 금시초문이었다. 산을 탄다. 그래서 오늘도 다른 루트로 올라오다가 도중에 합류하겠다고 한 건가.

　"매주 산에 오른대." 상무가 부연 연기를 뿜어내며 말했다. 마침 비스킷을 나누어주러 왔다가 그 말이 귀에 들어왔는지 다몬 씨가 "어, 누가요?" 하고 물었다.

　"메가 씨래."

　"앗, 메가 씨요? 매주라고요?" 다몬 씨도 놀라서 "어, 그럼 왜" 하고 지금까지 한 번도 산악회에 참가하지 않은 것에 의문을 표했다.

그야 물론 메가 씨이기 때문이리라. 다몬 씨의 너무 솔직한 의문에 내가 웃음을 터뜨리자, 상무도 신발 밑창으로 담배를 비벼 끄며 웃었다.

"혼자가 좋다는군."

가자후키 바위에서 이어지는 길을 나아가다 풀이 무성한 옆길로 들어가서 요코 연못으로 나갔다. 이미 등산객 몇 팀이 연못가 곳곳에 자리를 깔고 앉아 있었다.

"우리는 시간에 맞춰 왔어. 메가는 어디 있지?" 마쓰우라 씨가 주변을 둘러보았다. 연못가에는 여러 명 또는 두 명으로 이루어진 팀이 앉아 있을 뿐, 혼자 온 사람은 없었다.

마쓰우라 씨는 연못가를 훑어보며 연못 동쪽으로 이동해 완만하게 솟아오른 모래땅 위에 섰다.

"신호는 가는데 안 받는군." 상무가 틀렸다는 듯 핸드폰을 휘휘 흔들었다.

"어휴, 뭐 하는 거야!" 마쓰우라 씨가 종종걸음으로 비탈을 내려와서 연못 가장자리에 섰다.

"일단 좀 쉴까?" 난바 씨의 말에 사람들은 그 자리에 앉거나, 배낭을 내려놓고 다리를 풀었다. 그사이에도 마쓰우라 씨는 연못가를 돌아다니며 주변을 살폈다. 나는 외투 주머니에서 '닛타 테크 건축도장 산악회—후지키 고문 송별 등산'이라고 제목 붙인 인쇄물을 꺼내서 확인했다. 마쓰우라 씨의 계획에 따르면 여기는 휴식 장소가 아니다. 마쓰우라 씨는 체크무늬 셔츠에 등산용 7부바지, 무릎 위까지 올라오는 양말, 통가죽 등산화라는 고전적인 스타일로 배낭을 멘 채 연못가에 서 있었다.

"저, 저기!" 다몬 씨가 엉거주춤 일어서서 연못 반대편을 가리켰다. 거길 보자 덩치 작은 남자가 나뭇잎이 우거진 좁은 연못가를 탐색하는 듯한 걸음걸이로 걷고 있었다.

"저기, 메가 씨?"

얼굴까지는 구분이 되지 않았지만 키와 몸집은 그래 보였다.

"그나저나 어디서 나온 거야?" 다니구치 씨가 고개를 갸우뚱했다.

"메가 씨!" 다몬 씨가 소리치자 남자는 이쪽으로 고개를 돌렸다. "아, 봤다."

잠시 후 넓은 모래땅까지 나온 남자는 속도를 높여 주변에 앉아 있는 등산객들 사이를 누비며 우리가 있는 쪽으로 걸어왔다. 역시 메가 씨였다.

"여기야!" 후지키 상무가 손을 들자 그제야 메가 씨는 고개 숙여 인사했다.

모래땅에 발자국을 쿡쿡 찍으며 다가오는 메가 씨는 복장이 조금 별났다. 위장 무늬가 들어간 부니 모자는 흔한 물건이지만, 상의는 땀복 같은 풀오버 바람막이, 하의는 연회색 카고팬츠였다. 발목에는 각반을 둘렀고 실내화같이 얇은 신발을 신었다. 등에 멘 배낭 외에 가슴에도 작은 가방을 멨으며, 어깨끈에 장갑을 매달았고 손에는 피켈을 쥐었다. 롯코산을 오르는 보통 등산객과는 확연히 다른 모습이었다.

"왔군!" 후지키 상무만 웃었을 뿐, 나를 포함해 다른 사람들은 어안이 벙벙했다. 사람들의 시선을 조그마한 몸에 받으며 다가온 메가 씨는 아무래도 머쓱했는지 "죄송합니다" 하고 고개를 숙였다.

"늦었잖아!"

마쓰우라 씨가 대뜸 언성을 높이자 메가 씨는 또 "죄송합니다" 하고 사과했다. 하지만 마쓰우라 씨와 눈이 마주친 순간, 문득 예의 그 멋쩍어하는 웃음을 지었다. "웃을 일이 아니잖아!" 마쓰우라 씨가 또 야단치자 메가 씨는 입을 반쯤 벌린 채 가만히 있었다.

그런 두 사람을 보고 상무가 뭐라고 하기 전에 "자자, 그만하시죠" 하고 구리키가 손을 휘휘 내저으며 끼어들었다.

"길을 헤매신 거죠, 메가 씨?"

들어보니 아부라코부시산에서 올라왔다고 한다. 거기서 어떤 루트로 여기까지 온 걸까. 어쨌거나 그랬다면 적어도 이미 6, 7킬로미터는 걸은 셈이다.

"뭐, 됐어요. 일단 합류했으니까." 난바 씨도 마쓰우라 씨를 달래는 동안, 나는 메가 씨의 기묘한 복장을 계속 관찰했다. 상무 말로는 등산 경험자라는데 집에 있는 옷을 눈에 띄는 대로 입고 온 것처럼 뒤죽박죽이라, 숙련된 등산객의 말쑥하고 세련된 스타일과는 한참 동떨어진 차림새였다.

그리고 납작한 주머니의 개수와 배치를 보건대 카고팬츠는 회사에서 지급한 작업복이 분명했다. 얇은 신발은 발끝이 두 갈래로 갈라진 버선 신이었다.

"그나저나 뭡니까, 그 신발은!" 구리키가 바로 알아보고 호들갑을 떨자, 메가 씨는 난감한 듯 제자리걸음을 하더니 "그게" 하고 애매하게 웃었다.

"게다가 이건 회사 작업복이잖아요. 와, 진짜 뭡니까, 메가 씨!"

구리키가 장난스레 핀잔을 주자 사람들 사이에서 웃음

이 터져 나왔다.

"자, 늦었으니까 얼른 가자!" 마쓰우라 씨의 재촉에 드디어 모두가 움직였다.

그 후로도 우리는 진귀한 동물이라도 붙잡은 것처럼 메가 씨를 둘러싸고 걸었다. 구리키가 사람들의 반응을 노리고서 메가 씨를 놀리자 또 웃음이 터져 나왔다. 골프장을 빠져나와 아마가 고개까지 메가 씨를 화제 삼아 신나게 이야기하는 뒤쪽의 목소리를 들으며, 나는 선두의 마쓰우라 씨를 따라 걸었다.

"저래서는 못써." 마쓰우라 씨가 불쑥 말했다.

"산에서 너무 시끄럽게 구는 건 좋지 않죠." 나도 맞장구를 쳤다. "뭐" 하고 마쓰우라 씨는 하얗게 센 머리에 얹은 헌팅캡을 고쳐 쓰면서 한 박자 쉰 후에 "그것도 그렇지만" 하고 말을 이었다.

"베리를 해, 저 녀석."

베리? 난 그게 뭘 가리키는 말인지 몰랐다. 하지만 마쓰우라 씨가 "어때, 그렇지?" 하고 동의를 구하길래 "아, 그건 안 되죠" 하고 무심코 대답하고 말았다.

"가토 분타로(1905~1936, 단독 산행으로 수많은 등반 기록을 남긴 일본의 등산가. 등반 도중에 눈보라를 만나 목숨을 잃었다)가

된 기분인지도 모르겠지만, 단독으로 산에 오르면서 등산에 좀 익숙해졌다고 착각한 인간들이 꼭 저렇게 멋대로 굴다가 사고를 당하지."

베리. 나는 익숙지 않은 그 말을 머릿속 한구석에 놓아두고, 언짢음이 묻어나는 마쓰우라 씨의 말에 잠시 더 귀를 기울였다.

첫 번째 산행 루트를 따라가다 초원이 펼쳐진 히가시오타후쿠산에서 휴식을 취하며 점심을 먹고, 나나마가리 루트를 통해 정상으로 향할 예정이었지만, 점심 식사 후 마쓰우라 씨와 마키 씨가 커피를 마시며 상의한 듯, 여기서부터 마키 씨의 안내로 루트를 바꿨다. 구로이와 골짜기의 서쪽 능선을 따라간다고 했다.

바위를 밟고 작은 시냇물을 건너 능선을 올랐다. 좁고 가팔라 칼날 같은 능선 길에 두 발을 앞뒤로 디디고, 나무줄기를 붙잡으며 천천히 걸어갔다. 로프를 늘어뜨린 절벽도 있는 아슬아슬한 루트였다. "굉장하다!" 하고 소리친 다몬 씨도 이 루트는 처음인 듯했고, 사람들의 반응이 좋아서 기쁜지 마키 씨는 "좀 숙련된 등산객을 위한 루트입니다" 하고 의기양양해했다.

931미터라는 표지가 세워진 산꼭대기에서 후지키 상무

를 중심으로 모두 함께 사진을 찍었다. 기온이 좀 낮아졌고 바람도 불었다. 기념 촬영을 대충 마치고 도도야 길을 따라 아리마로 내려가기로 했다.

"자, 아리마로 향하는 루트는 아래쪽이야." 마쓰우라 씨가 앞장서서 아래쪽 휴게소까지 돌아가려 하던 그때, "마쓰우라, 좀 다른 루트로 가지 않겠나?" 하고 후지키 상무가 제안했다.

"다른 루트라니요?" 고개를 든 마쓰우라 씨에게 상무는 "안쪽에 루트가 또 있어" 하고 산꼭대기 광장의 안쪽을 가리킨 후 수행 비서처럼 곁에 서 있는 메가 씨에게 동의를 구했다. "그렇지?" 메가 씨는 말없이, 하지만 똑똑히 고개를 끄덕였다.

후지키 상무는 아까 마키 씨가 새로운 루트로 안내해 좋은 반응을 얻은 걸 보고, 이번에는 메가 씨에게 그런 기회를 주고 싶은 모양이었다. 하지만 마쓰우라 씨는 "그런 루트는 없을 텐데요" 하고 지도를 펼치며 중얼거렸다. 아무래도 내키지 않는 눈치였다.

산꼭대기 광장 안쪽, "여깁니다" 하고 메가 씨가 가리킨 풀숲에는 분명 발로 밟아 다져진 흔적이 있었다.

"어쩐지 재미있겠는데요!" 다몬 씨가 제일 먼저 말했고,

다니구치 씨도 길처럼 다져진 부분을 들여다보았다. "모험해볼까요?" 구리키도 나섰다. "조금 돌아가는 정도라면 괜찮지 않을까요?" 난바 씨도 그렇게 말했으므로 마쓰우라 씨는 마지못해 승낙했다.

메가 씨가 앞장서서 수풀 사이로 들어가 아래로 내려갔다. 다몬 씨의 앱 지도에도, 내 지도에도 거기에 루트는 없었고, 산꼭대기에 있던 등산객 몇 팀 중 우리를 따라 내려오려는 사람 역시 없었다. 메가 씨를 따라 나아가자 길 난자리가 서서히 수상해졌다. 얼룩조릿대가 무릎까지 올라와서 발밑이 보이지 않았는데, 다몬 씨는 그게 재미있다는 듯 "생존 전문가가 된 것 같은 기분이네요!" 하고 말했다.

얼룩조릿대가 덮인 비탈에서 나무 사이로 들어서니 경사가 더 급해졌다. 나무줄기를 손잡이 삼아 내려갔다. "와, 엄청 가파르네!" 다니구치 씨는 다몬 씨와 손을 맞잡고 서로 도와주며 내려갔다. 산 북쪽이라서인지 주변은 침침하고 기온도 좀 낮았다. 등산객들의 목소리가 사라지고, 산새가 지저귀는 소리와 나뭇가지가 흔들리는 소리만 들렸다.

"저기, 여보세요? 여기 좀 위험하지 않습니까?" 뒤에서 구리키가 농담조로 말했다. 그러자 메가 씨는 돌아보고 또 멋쩍게 웃을 뿐 아무 말도 없이 계속 나아갔다.

악, 하고 앞쪽에서 비명이 들렸다. 누군가가 미끄러진 듯했다.

"메가 씨, 속도가 너무 빨라요!" 다니구치 씨가 불평 어린 목소리로 말했다. 마쓰우라 씨는 제일 뒤에 있어서 얼굴이 보이지 않지만, 분명 굳은 표정일 것이다. 사람들이 지나다닌 흔적은 있으니 여기도 루트일지 모르지만, 애당초 등산 지도에 실리지도 않은 길로 가도 될까.

경사가 완만하고 나무도 별로 없는 곳에 메가 씨가 멈춰 서는 모습이 보였다. 줄이 흐트러져서 띄엄띄엄 멀어진 일행이 겨우 다 당도하자 "여기서 잠깐―" 하고 다니구치 씨가 한숨 돌리려 했다. 그런데 메가 씨가 바로 "여깁니다" 하고 이번에는 사람이 지나다닌 흔적조차 없는 덤불 속으로 들어가려 했다.

"메가 씨, 잠깐만요!" 더는 못 참겠는지 다니구치 씨가 목소리를 높였지만 "조금만 더 가면 됩니다" 하고 메가 씨는 아무렇지도 않게 말하고 피켈로 덤불을 헤치며 먼저 걸어 갔다. "역시 이럴 줄 알았다니까!" 어느 틈엔가 내 바로 뒤에 서 있던 마쓰우라 씨의 목소리에 짜증이 섞였다.

우리는 나무에 가려져 그늘진 덤불을 헤치며 나아갔다. "이거 괜찮으려나?" 다몬 씨도 걱정스레 말했을 때 갑자기 주변이 밝아졌고, 울타리를 넘자 등산로가 나왔다.

"앗! 어, 여기로 나오는 건가요!" 다몬 씨가 주변을 둘러보고 놀라워했다. 나도 앱으로 현재 위치를 확인해보니 아리마로 내려가는 등산로였다. 길옆의 수풀에서 모두가 나오자마자 마쓰우라 씨가 사람들을 밀어젖히고 메가 씨에게 따졌다.

"이봐, 메가! 위험하잖아!"

마쓰우라 씨의 서슬에 메가 씨는 그저 눈만 끔뻑끔뻑하다가 바로 "……죄송합니다" 하고 중얼거렸다.

"미안해, 미안해. 내가 괜히 말을 꺼냈네. 탐험 좀 했다 치지 뭐" 하고 후지키 상무가 사과했고, "등산로로 잘 돌아왔으니까요" 하고 다몬 씨도 달랬다.

"이러면 못써! 저런 곳에서 누가 다치기라도 하면 어떻게 할 거야? 이러니까 사고가 나는 거라고. 너, 오늘 아침에도 멋대로 다른 루트로—" 마쓰우라 씨는 쌓아놓았던 화를 단숨에 폭발시키려는 듯했다.

"자 자, 마쓰우라 씨. 일단 가시죠. 네? 온천, 온천!" 그때 구리키가 손수건을 머리에 얹고 방정을 떨어서 마쓰우라 씨에게 "점잖게 좀 굴어라!" 하고 야단을 맞았지만, 덕분에 겨우 분위기가 수습됐다.

마쓰우라 씨를 따라 아리마로 향하는 길을 내려갔다. 이번에는 다들 배려하듯 마쓰우라 씨 주변에 똘똘 뭉쳤다. 돌아보자 어느덧 메가 씨는 쫓겨난 것처럼 혼자 제일 뒤에서 걷고 있었다. 그런 메가 씨가 조금 딱해 보였다.

"하지만 좀 신선했어요."

내가 옆에서 걸으며 그렇게 말하자 메가 씨는 놀란 듯 눈썹을 치켜올리더니 살짝 웃었다. "혼났지만."

산은 지도에 실린 등산로로만 갈 수 있는 줄 알았고, 또한 지도에 실리지 않은 길로 가서는 안 된다고 여겼다. 하지만 메가 씨는 등산로는 물론 샛길이 있는 곳과 지형까지 숙지하고 있는지, 사람이 지나다닌 희미한 흔적을 따라 덤불을 통과해 마술처럼 다시 등산로로 돌아왔다.

"메가 씨, 매주 산에 오르시죠?"

메가 씨가 의아해하는 표정을 짓길래 "아, 그게, 상무님께 들었습니다" 하고 덧붙이자 아아, 하고 표정을 누그러뜨리더니 "할 수 있을 때는"이라며 멋쩍게 웃었다.

"왜 버선 신을 신으셨어요?" 나는 궁금했던 복장에 대해서도 물어보았다.

"아아, 이거." 메가 씨는 한쪽 발을 들었다 내려놓더니 추워질 때까지는 왜 등산화가 아니라 '이것'을 신는지 설명했다. 바위밭을 걸을 때는 바닥이 두꺼운 등산화보다 바위 사이에 발을 잘 디딜 수 있어서 편리하고 '아무튼 가볍다'. 버선 신을 신고 흙이나 낙엽 위를 걸으면 단순히 '기분이 좋아서'이기도 하다. '야케(jacke, 특히 스키, 등산, 낚시 등을 할 때 착용하는 방한, 방수용 상의)'라는 글씨가 적혀 있고 대형 마트의 매대에서 팔 법한 바람막이는 그야말로 대형 마트에서 구입한 옷으로 980엔이라고 했다. "이거 썩 좋아. 가볍고 저렴하지." 그리고 가슴에 멘 가방에는 지도, 호루라기, 사탕, 나침반, 충전기 등 자잘한 물품을 넣어 왔다고 했다. 즉시 착용할 수 있도록 장갑은 양 어깨끈에 매달았고, 피켈은 급경사면을 올라갈 때 사용한다. 자루를 늘리면 등산 스틱으로도 활용할 수 있다. "이게 정말 최고야."

내가 일일이 물어봤기 때문이겠지만, 메가 씨는 자신의 장비에 관해 차례로 꼼꼼히 설명해주었다. "마트에 있는 장비도 산에서 제법 쓸 만해. 저렴하고."

해외 아웃도어 브랜드의 등산용품, 디자인과 색상의 조합, 그런 점을 중시하는 나와는 취향이 완전히 달랐다. 메가 씨는 아까 그런 루트를 나아가기 편리한가에 중점을 둘 것이다.

베리. 베리는 뭡니까? 내가 그걸 물어보려 했을 때, 앞쪽에 있던 다몬 씨가 걸음을 늦춰서 우리에게 합류했다. "메가 씨! 어플, 야맵(yamap. 산을 뜻하는 '야마'와 지도를 뜻하는 '맵'을 합친 이름) 안 쓰세요?"

"난 야마레코."

"아, 저, 야마레코도 해요. 계정 알려주세요. 메가 씨가 다니시는 루트 구경하고 싶어요!"

하지만 메가 씨는 앱은 어디까지나 기록용이고 아무도 팔로우하지 않았다며 한사코 계정을 알려주려 하지 않았다. "에이, 알려주세요." 다몬 씨가 떼를 썼지만 메가 씨는 애매하게 웃을 뿐이었다. "이봐, 빨리 와." 어느덧 앞쪽과 거리가 크게 벌어졌다. 도도야 길의 정자 앞, 등산 스틱을 높이 든 상무의 목소리가 울려 퍼졌다. 조금만 더 가면 아리마였다.

아리마에서는 난바 씨가 전통 여관의 연회장을 예약해 두었다. 다들 온천에서 땀을 빼고 나서 연회장으로 이동했다. "원래 같으면—" 하고 마쓰우라 씨가 길게 이야기를 늘어놓은 후, 소개를 받은 후지키 상무가 일어섰다. 예순일곱 살인 후지키 상무는 40년 근속했다. 선대 사장이 차린 닛타 방수 상회에서부터 일했고, 선대가 물러난 후로는 현재 사

장의 보좌 역할을 맡고 있다. 앞으로 2년이라는 사임 기한
이 올해 초에 갑자기 연말로 바뀌었다. 상무 본인이 몸 상
태를 이유로 조기 사임을 원했다는 소문이 돌았지만, 실제
사정이 어떤지는 모른다. 원래는 부장이었는데 사임이 정
해지자 상무로 승진했다. 물론 임원 등기를 하지 않은 '명
목상' 임원이었지만 '전 회사 임원'이라는 퇴직 후의 지위
는 "작으나마 사장님이 주시는 전별 선물이겠지" 하고 마쓰
우라 씨는 말했다.

"저는 야마가타의 촌구석 출신입니다만—" 이렇게 산에
오른 상무는 혈기 왕성 그 자체였다. 재작년에 사장은 새삼
스레 '선택과 집중'을 거론하며 큰 거래처인 어빈 HD의 현
장에 공사과 인원을 집중적으로 투입하겠다고 공언했다.
건물 임대업을 중심으로 요식업, 호텔 관광 사업 등 광범위
하게 사업을 펼치는 어빈 HD는 보유한 부동산이 어마어마
하다. 그리고 그 보수 관리를 위해 사내에 시설과를 설치했
고, 설계 시공을 맡는 자회사까지 있었다.

그 자회사의 대표이사이자 어빈 HD의 임원이기도 한 스
미 씨가 사장과 갑자기 가까워져서 보수 공사 계획이 있으
면 견적을 받아보지 않고 거의 단독 지명으로 우리 회사에
일을 맡겼다. 하지만 원도급은 스미 씨의 회사고, 닛타 테

크는 그 하도급이라 이익률이 좋은 일감이라고는 할 수 없었다. 그래도 영업할 필요가 없고 일감이 끊길 걱정도 없기에 확실한 수익을 예상할 수 있기는 했다.

"하도급 공사라도 전망 있는 큰 고객에게 회사의 자원을 투입하는 게 당연합니다." 사장은 힘주어 말했다. 대규모 현장을 담당할 공사과 인원은 한정돼 있다. 어빈의 공사 현장을 우선시한다면 작은 거래처에서는 손을 떼야 한다.

그 무렵부터 후지키 상무와 사장의 관계가 삐걱거리기 시작했다. "좋잖아"라고 하는 것이 상무의 말버릇이었지만, 사장의 방침 전환은 아무래도 '좋다'라고 할 수 없었다. "이상하지 않습니까!" 그렇게 따지는 상무의 목소리가 사장실에서 종종 새어 나왔다.

선대 사장과 함께 직접 영업을 뛰며 고객의 폭을 넓혀온 상무는 그 업무를 영업과에 넘겨주고 나서도 공사과에서 인원을 선발해 '영업2과'를 만들고, 품만 들 뿐 벌이는 별로 되지 않는 작은 보수 공사에 스스로 대응하며 접붙이기하듯 거래처들과 오래 관계를 유지해왔다. 작은 거래처의 보수 공사는 단발성이라 잇달아 일감이 들어오는 건 아니므로 대형 업체는 상대하지 않는다. 하지만 그러한 공사는 선행 투자다. 건물을 대규모로 보수해야 하는 시기가 십수 년

마다 반드시 돌아온다. 수지 타산을 길게 보고서 작은 보수 공사에도 다소 경비를 투입해야 한다고 상무는 주장했다.

하지만 급격히 변화하는 업계에서 그렇게 느긋한 소리만 할 수는 없다, 중소 보수업체가 살아남으려면 어빈 HD 같은 대기업과 단단한 제휴 관계를 만들어야 한다는 것이 사장의 생각이었다.

"결단하신 이상 존중하겠습니다." 작년 연말 전체 회의에서 후지키 상무는 그렇게 말하며 승복하는 모습을 보였지만, 선대부터 꾸준히 발로 뛰어서 개척한 거래처 일에서 물러나려니 가슴을 에는 듯이 속상했을 것이다. 그리고 올해부터는 그런 작은 거래처와 점차 거래를 끊기로 결정됐다. 나도 영업 담당으로서 고객의 의뢰를 거절해야 하는 입장이라 상무에게 불만을 토로하자, "잘 거절하는 것도 영업과의 임무잖아!" 하고 호통친 건 그런 속상한 마음 때문이었으리라.

"준법 윤리 경영 중시, 모든 것이 보이는 사회, 업계 재편. 시대는 지금 시시각각 변화하고 있습니다. 우리 보수업체도 이대로는—" 그런 후지키 상무의 마지막 열변을 다들 잠자코 들었지만, 귀 끝까지 벌겋게 달아오른 채 고꾸라질 것처럼 몸을 앞으로 내밀고 듣는 사람은 메가 씨뿐이었다.

또한 사장은 작년부터 안정적인 공사 수주를 지향한다
는 명분으로 대형 건설업체 모임에 가입했다. 그 줄을 대기
위해 대형 종합 건설사의 1차 협력사에서 우에무라 씨를
영입해 총괄 부장 자리에 앉혔다. 이것은 하도급 공사를 더
늘리고 기존 거래처를 더욱 등한시하는 흐름으로 이어졌
다. 사장으로서는 그러한 결정에 일일이 반대하는 상무가
거북하다. 나는 등산을 몇 번 하면서 그런 이야기를 얻어들
었다.

"노병은 죽지 않는다, 다만 사라질 뿐이다. 회사를 그만
둔다고 죽는 건 아니니까 또 불러주십시오." 상무는 웃으며
말을 끝맺었다.

회식은 아주 흥겨운 분위기에서 진행됐다. 마쓰우라 씨
가 벌겋게 달아오른 얼굴로 돌아다니며 맥주를 따라주었
고, 화통하게 웃었다. 서로 상을 붙여놓고 회사에서 평소
토해내지 못해 쌓여 있던 불만을 안주 삼아 떠들어댔다. 오
랜만에 술을 마신 나는 마키 씨, 난바 씨와 앱으로 산행 기
록을 서로 보여주었다. 메가 씨를 완전히 잊어버리고 있었
는데 갑자기 "흑" 하고 비명 비슷한 목소리가 들리길래 놀
라서 돌아보았다.

연회장 구석, 후지키 상무와 이마를 부딪칠 만큼 가까

이 앉은 메가 씨가 손끝으로 눈시울을 꼬집듯 꾹 누르고 있었다. 나는 엉겁결에 눈을 돌렸다. 물론 취했겠지만 이 중년 남자의 감정 변화는 너무나 두드려졌다. 발끈해서 성질을 부리거나 울컥해서 운다. 메가 씨는 남들 앞에서도 주저 없이 그러는 사람인 듯했다. 상무는 등을 웅크린 메가 씨의 어깨를 두드리며 달래는 듯했다. 나는 두 사람을 훔쳐보며 입사 면접 때 있었던 일을 떠올렸다.

"그럼 결과는 차후에 —" 하고 일러주는 사장의 말허리를 끊고 "좋잖습니까, 사장님? 자, 하타 씨, 같이 일하지" 하고 지금은 상무가 된 후지키 부장이 내게 말했다. 이 지역을 기반으로 하는 보수 전문 건축 회사. 창업한 지 반세기가 넘는 유서 있는 기업이지만, 직원 수는 50명이 안 되니까 결코 큰 회사는 아니다. 망설여지기도 했지만 후지키 부장의 그런 마음가짐에 감동해서 나는 바로 고개를 숙였다.

그 후로도 이것저것 신경 써주고, 내가 공사 현장의 적산(설계 도면을 바탕으로 실제로 발생할 정확한 수량과 비용을 산출하는 작업)과 견적으로 골치를 앓고 있으면 "왜 그래?" 하고 뒤에서 들여다보는 사람은 늘 후지키 부장이었다. 내가 짠 계획에 차질이 생겨 현장에서 기술자에게 욕을 먹고 끝내는 업자가 철수하는 사태가 벌어졌을 때도, 후지키 부장이 당장 달려와서 중재를 해주었다. "미안해, 이번 은혜는 다른 현장에서 꼭 갚을게." 호주머니의 잔돈을 짤랑거리며 업자와 통화를 마친 부장에게 "죄송합니다" 하고 머리를 숙이자 부장은 "좋잖아, 이런 경험을 해보는 것도" 하고 껄껄 웃더니 캔 커피를 사 오라며 뜨뜻해진 잔돈을 건넸다.

그런 일을 나보다 더 많이 겪었을 메가 씨는 토라진 듯한 표정으로 상무의 말에 귀를 기울이고 있었다.

"어이, 하타, 하타아! 이리 와!" 마쓰우라 씨가 맥주병을 들고 손짓했다. 나는 잔을 들어 마쓰우라 씨가 따라주는 맥주를 받았다.

"저기, 하타 씨. 이거 아닐까요?"

다음 날 아침, 출근한 다몬 씨가 핸드폰 화면을 보여주었다. 등산 앱 화면이었다. 계정명은 MEGADETH. "봐요, 메가데스라잖아요." 다몬 씨는 혀끝을 살짝 깨물며 발음했다. MEGADETH는 미국의 헤비메탈 밴드다. 메가데스. 메가입니다(일본어 '~데스(です)'는 '~입니다'라는 뜻이다). 자기 이름을 말장난하듯 사용해서 계정명을 만든 건가. 프로필 사진은 설정해두지 않았다. 프로필에 들어갔다. 현재 주소는 고베시. 남성. B형. 기입한 정보는 그것뿐이었다.

"봐요. 매주 롯코산에 올라간 기록뿐이라니까요. 전부 엄청 이상한 루트예요." 다몬 씨는 산행 기록을 열고 화면을 밑으로 내렸다. "어제는 아부라코부시산에서 쭉 가로질러서 요코 연못으로 갔다가 정상이잖아요? 그리고 아리마로 내려갔어요. 틀림없죠? 이거 분명 메가 씨예요."

롯코 케이블카 산아래역 옆에서 산으로 들어가서 아부라코부시산까지는 등산로를 이용했다. 하지만 거기서부터는 등산로를 벗어나 완전히 엉뚱한 루트를 타고 오로지 동쪽으로 쭉쭉 나아갔다.

"어쩐지 황당한 루트뿐이라 재미있어요."

다몬 씨는 입에 손을 대고 웃었다. 메가 씨는 이미 현장에 나갔다. 메가 씨 자리의 의자는 일어서면서 등받이가 조금 왼쪽으로 돌아간 상태로 멈춰 있었다.

"아, 하타 씨. 이거 비밀이에요. 말하면 메가 씨가 더는 루트를 올리지 않을 테니까."

점심시간에 나는 내 앱으로 MEGADETH를 찾아내 산행 기록을 살펴보았다.

확실히 거의 일주일에 한 번꼴로 산에 올랐다. 기록용이라고 했던 대로 아무도 팔로우하지 않았지만 팔로워는 네 명 있었다. 그들은 MEGADETH의 숨은 팬인지 적극적으로 교류하려 들지 않고 산행 기록에 '박수 표시'만 이따금 눌러주었다.

산행 기록 제목은 대부분 '베리 산행'이었다. '베리 산행 — 후타타비산에서 서쪽으로', '베리 산행 — 스이쇼 계곡에서 소마타니강', '베리 산행 — 자타니키타산 남쪽 공략'. 거리는 길어도 십수 킬로미터. 그렇게 오래 산행하는 것은 아니다. 하지만 전부 단독이었다. 오사카와 나라, 효고현 중부 산도 섞여 있었지만, 대부분은 롯코산이었다. 루트와 함께 사진도 몇 장 올렸지만 산 위에서 조망한 경치는 별로 없었고 울창한 덤불과 나무, 하얗게 말라서 흩어진 썩은 고목, 바위가 쌓인 골짜기의 마른 물길, 그렇듯 황량한 풍경뿐이었다. 연한 회색, 시든 풀색, 어두운 초록색. 전부 색채가 빈약하고 뭔가의 잔재처럼 어수선했다.

베리는 뭡니까? 그때 하지 못했던 질문이 내 머릿속에 되살아났다.

"베리는 베리에이션 루트의 약칭이에요."

웬일로 현장에 나갔던 마키 씨는 점심시간이 되기 전에 사무실로 돌아와서 디오더런트 티슈로 목덜미를 꼼꼼히 닦은 후, 티슈를 잘 접어서 동그스름한 턱 아래에 댔다.

베리에이션 루트(variation route). 베리 루트라는 표현도

쓴다고 한다. 평범한 등산로가 아닌 길, 요컨대 파선(破線) 루트라 불리는 고난도의 숙련자용 루트나 폐지된 길을 나아가는 것을 가리킨다. "하지만 명확한 정의는 없지 않으려나. 좀 진귀한 루트를 두고 베리에이션이라고 하는 사람도 있으니까요. 또는 정해진 루트가 아니라서 사람들이 지나다닌 흔적이 없는 계곡이나 능선을 따라가거나, 지형도를 보고 올라갈 수 있을 법한 곳 또는 오히려 못 올라갈 법한 곳을 나아가는 등 루트를 완전히 무시하고 산행하는—"그런 걸 포함해서 베리에이션 루트라고 지칭하기도 하는 모양이다.

"그런데 그래도 됩니까?" 안 그래도 등산하다가 조난 사고가 많이 발생하는데, 자진해서 사고를 유발하는 짓을 해도 될까.

"안 되지."

머리 위에서 목소리가 들려서 돌아보니 마쓰우라 씨가 오래된 A1 크기 도면을 안고 서 있었다.

"그런 짓을 하면 못쓴다고 했잖아. 메가 이야기지? 그래서는 안 된다고, 위험한 행동이라고 상무님에게도 말했어. 공사 현장에 비유하면 불안전한 행동이고 단번에 퇴출이야. 등산은 신사의 스포츠니까 규칙을 제대로 지켜야 해.

규칙이 뭐냐 하면, 안전이야. 당연히 등산로로 다녀야지. 솔직히 난 단독 산행도 좀 그래. 혼자 올라가서 아무 일도 없으면 다행이지만, 실수로 골짜기에 떨어지기라도 하면 어떻게 할 거야? 직장과 가족 양쪽에 엄청난 민폐잖아. 상상력이 모자라는 거라니까. 사고에는 전부 원인이 있어."

전화 받으라는 소리에 물러가는 마쓰우라 씨를 눈으로 좇으며 마키 씨가 목소리를 낮추어 말했다.

"……하지만 사실 산에 길 같은 건 없습니다. 옛날 사람들은 그렇게 해서 루트 탐색, 물론 그런 말도 없었겠지만, 산을 누비며 계곡이나 능선을 따라 지나갈 수 있을 만한 곳을 찾아냈죠. 그러니 어떤 의미에서는 베리에이션 루트에 도전하는 게 산행의 근본에 제일 가까울지도 모르겠네요. 보통의 등산은 어떤 의미에서 잘 정비된 길이 이끄는 대로 편안히 걸어가는 거니까요. 내 옛날 동료 중에도 그런 걸 좋아하는 녀석이 있었습니다. 뭐, 확실히 위험하고, 마쓰우라 씨처럼 개념 없다거나 자연을 훼손한다며 비판하는 사람도 있지만요."

마키 씨는 대학교 등산부 출신이고 외국에서 산을 등정한 적도 있지만 마쓰우라 씨 앞에서는 그런 이야기를 별로 꺼내지 않는다.

낮은 산 베리에이션. 그런 말도 있다고 한다. 낮은 산인 롯코산의 베리가 거기에 해당하는데, 나무가 많은 낮은 산이 오히려 위험하다는 뜻인 듯했다.

베리. 메가 씨의 산행은 바로 그거다. 매주 주말 혼자 산에 들어가서 베리를 하고 있다.

베리에이션 루트. 베리. 퇴근길 전철에서 인터넷으로 찾아보자 분명 그런 산행을 위험한 짓, 민폐 행위라고 비난하는 의견도 있었다. 화를 내는 마쓰우라 씨와 똑같은 심정이리라. 메가 씨답다고 할 수 있겠지만, 평범한 산행으로는 만족할 수 없어서 그러는 걸까. 혼잡한 전철에서 바깥 풍경을 검게 가로지르는 롯코산맥을 바라보았다.

출퇴근길, 또는 영업용 차량으로 이동할 때 나는 매일 앱을 열어 메가 씨가 최근까지 올린 산행 기록을 살펴보았다. 늘 도중에 길을 잃은 것처럼 산속으로 들어가는 루트다. 능선을 따라 골짜기로 내려가거나, 그 골짜기를 거슬러 다른 능선으로 기어오른다. 물론 전부 지도상에서는 등산로가 아닌 곳이었다.

어느덧 나는 메가 씨의 산행 기록을 다 훑어보았다. 3년 전 여름에 첫 기록을 남겼는데, 그때부터 제목이 '베리 산행'이었으므로 산행을 시작한 시기가 아니라 그저 앱을 쓰기 시작한 시기이리라. 메가 씨는 언제부터, 왜 그런 식으로 산에 올랐을까. 베리는 뭡니까? 역시 메가 씨에게 물어보고 싶었다.

12월 18일. 후지키 상무는 직원들 앞에서 마지막 인사를 하며 많은 이야기를 꺼내놓지 않았다. "여러분을 믿으니까 뒷일은 걱정하지 않고 가겠습니다. 감사합니다!" 밝은 표정이었다. 후지키 상무는 상반신이 가려질 만큼 커다란 꽃다발을 들고 사무실에서 계단까지 직원들이 만들어준 꽃길을 지나 회사를 떠났다.

그로부터 이틀 후, '새로운 체제'라고 이름 붙인 간단한 조직도가 배포됐다. 영업1과와 영업2과는 그냥 영업과로 통합됐다. "담당은 우에무라 부장님이 조정할 거야." 조만간 영업 방침을 포함해 회사 방침이 대폭 변경되리라는 것을 핫토리 과장이 알려주었다. 상무가 떠나자마자 손바닥 뒤집듯이 체제가 변경되어 마음이 뒤숭숭했다. 돈이 별로 안 되는 고객을 많이 담당하는 2과 직원들은 영향이 클 터였다. 물론 메가 씨도 그걸 알 테지만 변함없이 아침 일찍 공사 현장에 나갔다가 담당 구역인 반슈 방면의 고객을 만나러 다닌 후 늦은 시간에 "……다녀왔습니다" 하고 사무실로 돌아온다. 그리고 주말에는 산에 오른다.

오후 7시. 나는 견적서를 작성하다 말고, 허리를 세우고 숨을 내쉬었다. 핸드폰을 집어서 앱을 열었다. 메가 씨의 지난주 산행 기록을 살펴보니, 다치가하타댐 주변에서 산으로 들어가서 고쿠라쿠 골짜기를 거쳐 나베부타산을 독자적인 루트로 올랐고, 주변을 헤매며 북쪽으로 향하다가 협곡에서 길로 나왔다. 그리고 고베 전철의 스즈란다이역 앞에서 기록이 끝났다.

눈을 들자 어느새 메가 씨가 사무실에 돌아왔다. 책상들로 이루어진 구획 몇 개를 사이에 두고 서류 더미 너머에서 메가 씨는 모니터를 들여다보고 있었다. 살짝 벌어진 입술 사이로 앞니가 보였다. 그 모습은 예전과 다름없었다. 상무가 떠나고 부서가 바뀌었으니 곧 업무도 달라진다. 메가 씨는 나보다 더 불안할 것이 틀림없었다.

고생 많으셨습니다. 그렇게 말할 타이밍을 놓친 지 한 달 넘게 지났다. 이제 너무 새삼스럽지만, 나와 메가 씨 사이에는 그 정도밖에 화제가 없다. 프린터로 출력한 견적서를 가지러 간 김에 나는 메가 씨에게 말을 걸었다.

"요전에는 고생 많으셨습니다."

의외라는 듯한 표정으로 고개를 든 메가 씨는 '요전'이

뭘 가리키는지 생각하는 것처럼 내 얼굴을 잠시 들여다보다가 바로 "아아, 수고했어" 하고 가볍게 웃었다.

별생각 없이 말을 걸긴 했지만, 메가 씨도 딱히 이야기를 더 끌고 가려고 하지 않았다. 잠시 그러고 있자니 뻘쭘해서 메가 씨 옆에 선 채 어금니를 핥으며 화제를 찾았다. 하지만 메가 씨는 그런 나를 신경 쓰는 기색도 없이 모니터로 다시 눈을 돌리고 현장 조사 때 사용하는 마스킹 테이프를 만지작거렸다. 공사 현장에는 어울리지 않는 파란색 체크무늬 테이프. 며칠 전 다몬 씨가 "없어, 없어" 하고 찾아다녔던 고베 타탄(고베 개항 150주년을 기념해 고베를 연상시키는 색깔들을 응축해서 만든 타탄 체크무늬) 마스킹 테이프일지도 모른다.

"……메가 씨, 베리를 하고 계신가요?"

앱으로 산행 기록을 봤다고는 할 수 없기에 "그때 산꼭대기에서" 하고 덧붙였다.

"웅? 웅, 그렇지." 메가 씨는 화면에 시선을 고정한 채 표정을 바꾸지 않고 대답했다.

"재미있습니까?"

"웅? 뭐, 그럭저럭."

좀 더 적극적으로 반응하지 않을까 기대했지만, 메가 씨는 베리에 관해 이야기할 마음이 없는 듯했다. 허탕 친 기분이라 나는 이야기를 잘 이어가지 못하고 결국 내 자리로 돌아왔다.

새해가 밝자 전 직원이 참가하는 회의가 열렸다. 영업과는 물론 현장에 있는 공사과 사람들도 그날은 일찌감치 회사로 돌아오라는 지시가 떨어졌다. 오랜만에 모든 직원이 한자리에 모여서 마치 연회석처럼 시끌벅적한 분위기였지만, 우에무라 부장이 새로운 방침을 발표하자 금방 조용해졌다.

원도급 공사 중단. 너무나 단순하면서도 극단적인 방침 전환이었다. 자사가 직접 수주하지 않고 어빈 HD, 대형 종합 건설사, 건물 관리 회사 등의 하도급을 받아서 안정적인 공사 수주를 노린다. 작은 고객을 줄이는 흐름은 그대로 유지하고, 공사를 맡겨온 큰 고객들과도 점차 거래를 끊는다. 예외는 있겠지만 기본적으로는 1년 기한을 두고 완전히 발을 빼겠다는 이야기였다.

원도급으로 진행하는 공사가 줄어들 것이라고는 예측했지만, 전면 중단은 예상외였다. 영업과와 공사과 모두 동요했는지 않는 듯한 목소리가 여기저기서 새어 나왔다. 조사 중인 건과 수주 예정인 건은? 근본적으로 영업 활동은 어떻게 되는 걸까. 대형 종합 건설사의 시공 기준에 대응할 수 있을까. 관리 회사에서 맡기는 일은 대응할 문제가 너무 많고 이익률도 낮아서 예전에 한 번 그만뒀었는데, 왜 또 재개하는 걸까.

그런 의문과 반발의 목소리가 분출되기 전에 선수를 치듯 "다양한 의견이 있을 줄로 압니다만" 하고 사장이 입을 열었다. 고객을 일일이 찾아다니는 '방문 판매' 같은 영업 방식은 이제 낡았다. 앞으로는 원도급사와 '비즈니스 파트너로서 제휴'해 안정적인 경영을 추구한다. 공사 현장에서 감과 경험에 의존해 시공하는 것이 아니라 대형 종합 건설사의 시공 기준과 관리 체제를 배워서 "성장하지 않으면 도태됩니다" 하고 사장은 말했다.

중간부터 설교 조로 변한 사장의 이야기가 끝나자 우에무라 부장이 새로운 방침의 취지를 다시금 설명했다. "영업 방법, 현장 관리, 재료 등 모든 면에서 군더더기를 철저히 삭감하는 겁니다." 건축 일을 하는 사람답지 않게 선이 가늘고 얼굴이 야리야리한 우에무라 부장은 웬일로 작업복을 입고 나왔다. 배꼽 위까지 끌어 올린 바지를 허리띠로 꽉 조르고, 무테안경을 두 손가락으로 거듭 밀어 올리며 이야기하는 목소리에 열기가 깃들었다.

원도급 공사를 그만두고 하도급 공사에 주력하면 이익률은 낮아지지만 수주는 안정된다. 숫자가 예상되면 경영진으로서는 회사를 운영하기 쉬우리라. 경영진은 매달 영업 진척 상황을 살피며 수주 예측에 신경을 곤두세우고 자금 융통을 고민해야 한다. 유망한 건이 이번 분기에 들어오느냐, 다음 분기로 넘어가느냐도 문제다. 예상치 못하게 수주할 때도 있지만 그 반대도 있다. 이렇듯 날마다 위장이 쪼그라들 법한 경영진의 고충을 내가 어떻게 이해하겠냐마는, 하도급 공사에 주력한다고 그런 문제가 해결될지는 의문이었다.

전체 회의가 끝난 후, 부서별로 흩어졌다. 영업과는 소회의실에 모였다.

"이제부터는 전략적으로 계획을 세워서 효율 있게 수주합시다. 군더더기를 없앱시다. 현장의 문제도 혼자 끌어안고 끙끙대지 말고요. 문제는 회사에서 대처하겠습니다. 그리고 다들 좀 더 일찍 퇴근하세요. 사장님도 말씀하셨지만, 조만간 완벽한 주5일제 실시도 고려하고 있습니다."

점점 솔깃한 이야기가 나왔다. 듣고 있던 직원들의 안색도 달라졌다. 이제 고객을 찾아다니지 않아도, 입만 벌리고 있으면 되는 정도는 아니겠지만 원도급사에서 공사가 들어온다. 이제부터는 원도급사 담당자와 '잘 지내는' 것이 업무다.

하지만 새로이 거래를 시작하는 대형 종합 건설사나 거래를 재개하는 관리 회사로부터 당장 숫자를 기대할 수는 없다. 결국은 어빈이 버팀목이었다. 그런 어빈 HD의 작년 가을 공사는 연기되어 봄 공사로 변경됐다.

"그런데 다음 분기 매출은 괜찮을까요?" 영업 담당 하나가 목소리를 높여 물었다.

"또 설명하겠지만—" 기존 고객도 공사를 계속 수주할 전망이 있는 곳은 '주요 고객'으로 몇몇 남겨놓되, 현재 그 대상을 그야말로 '신중하게' 선정하는 중이라고 했다.

"이미 받은 의뢰는 뭐라고 거절하면 되겠습니까?"

"인원이 부족하다, 그걸로 밀어붙여. 사실이잖아?" 이쯤에서야 핫토리 과장이 입을 열었다.

"현재 진행 중인 우메자토 물류의 누수 보수 공사는 어떻게 대응할까요?"

"그거 보증 대상 아니잖아? 그런 일은 적당히 정리하고 손 떼. 이제부터는 애프터서비스 보증 제도도 엄격하게 관리할 거야. 군더더기를 삭감해야지. 멋대로 마쓰우라 씨에게 부탁하는 거 금지야. 일단 나한테 보고해. 자, 다음."

그것도 협의한 내용인지 질의에 핫토리 과장이 응했다. 소싯적에 럭비를 했던 과장은 널찍한 등이 울릴 것처럼 쩌렁쩌렁한 목소리로 대답했다. "너무 성급한 것 아닙니까?" 하고 원도급 공사 중단에 단호히 반대하는 베테랑 직원도 있었지만, 악역을 자청한 핫토리 과장은 차례차례 날아드는 불만과 의문을 마구잡이로 쳐냈다. 도중에 사장도 동석하자 질의는 더욱 열기를 띠었다. 좁은 회의실에 사람들의 훈김이 감돌아서 어느덧 유리창이 살짝 흐려졌다.

그 후 영업과는 역 앞 꼬치구잇집으로 자리를 옮겨 단합회를 열었다.

"너희들, 사장님 앞에서 무슨 잠꼬대 같은 소리를 하는 거야! 하고 싶다, 하기 싫다의 문제가 아니라고. 하라면 해! 너희들이 공짜로 일하냐? 회사가 학교야? 싫으면 그만둬."

자리에 앉자마자 핫토리 과장은 고함을 질렀다. 술이 들어가기도 전부터 벌게진 얼굴로 모두의 얼굴을 노려보며 침을 튀기다가 알아차렸다. "메가는 왜 없어?"

모두 입을 다물고 얼굴을 마주 보는데 "그러게요?" 하고 구리키가 웃으면서 대답했다. 그런 회의를 마친 후 단합회에 참석하지 않았다니 도저히 생각할 수 없는 일이었다. 나도 이번만큼은 메가 씨가 참석할 줄 알았지만, 둥그런 테이블에 둘러앉은 영업과 사람들 사이에 메가 씨의 얼굴은 없었다. 둘째 주 토요일인 내일은 휴무다. 메가 씨는 산에 오를 터였다.

새로운 방침이 발표되어 회사 분위기가 어수선해지는 바람에 산악회의 '새해 등산'은 2월로 연기됐다. 그런데 2월에도 "겨울은 추워서 안 갈래요" 하고 거절한 다몬 씨를 필두로 여직원들은 산행에 불참하겠다고 했다. 그렇다면 구리키도 안 올 줄 알았지만 "가볼까" 하고 뜻밖에 참가를 선언했다. 새해 등산 멤버는 마쓰우라 씨, 마키 씨, 나, 구리키까지 총 네 명이었다.

철탑 옆 길을 올라 나무숲을 통과해 시야가 탁 트인 곳으로 나왔다. 기온은 낮았지만 산을 오르자 금방 더워졌다. 마쓰우라 씨는 바위 위에 앉아 모자를 벗었다. 나도 외투를 벗고 땀을 닦으며 물통의 물을 마셨다.

"그나저나 우에무라 부장도 참 대담한 생각을 했군." 마쓰우라 씨가 물통을 들고 입을 열었다. 원도급 공사 중단. 그렇게 대폭으로 방침을 전환할 것이라는 정보는 마쓰우라 씨와 마키 씨도 사전에 듣지 못했다고 한다.

"무슨 말인지는 알겠지만요, 부장님이 경험해온 대기업의 방식이랄까요?" 마키 씨는 옅은 웃음을 띤 채 말했다. "그런데 그런 방식이 우리 회사에서 잘 통하겠습니까?"

"뭐, 반대로 지금까지 일이 너무 술술 풀린 건지도 모르지. 다행히 계속 일거리가 들어왔지만, 막무가내로 영업한들 앞으로 어떻게 될지 모를 일이야. 똑똑 꾸준히 떨어지는 하도급이 나을 수도 있겠지."

"막무가내는 아닌데요." 나는 그렇게 반박하고 싶었다. 앞으로는 애프터서비스 신청도 안이하게 받아들이지 않고, 원인을 정밀하게 조사해서 공사 보증을 엄격하게 관리할 예정이다. 그러면 애프터서비스 담당인 마쓰우라 씨의 부담은 확실히 줄어든다. 마쓰우라 씨는 자신처럼 대형 건설사의 1차 협력사 출신으로서 그런 방침을 내놓은 우에무라 부장을 지지하는 듯했다.

건물의 대규모 보수 주기는 대략 10년. 그사이에 상대 쪽 담당자가 바뀌어, 보수 계획이 있었다는 사실조차 잊어버리는 상황에 대처하려면 마음을 느긋하게 먹고 영업해야 한다. 당연히 헛수고로 끝날 때도 많았다. 하지만 10년 단위로 계속 일감을 노리는 전략은 탄탄하다면 탄탄했다. 후지키 상무의 책상 위에는 가장자리가 너덜너덜하고 빵빵하게 부풀어 오른 노트가 늘 놓여 있었다. 그 노트에 고객 건물의 보수 이력을 전부 적어놨으므로, 그걸 보면 어느 타이밍에, 어디에 영업해야 하는지 알 수 있다. 3년 전, 사무 담당이 노트 내용을 엑셀 파일로 정리해 핫토리 과장에게 넘겨주었다고 한다. 마침 어빈 HD에서 대규모 공사 의뢰가 들어왔을 무렵과 겹친다. 상무가 모은 기록은 활용되지 못하고 묻혀 있으리라.

"그런데 가을에 진행하기로 했던 어빈의 공사, 연기됐잖아요." 나는 하다못해 조금이나마 반격할 작정으로 말했다.

"그거야 사장님이 스미 씨와 협의하는 중이잖아."

"이런 사태에 대비해 세 다리를 걸치려는 거겠지만, 대형 종합 건설사와 관리 회사도 만만치 않죠." 마키 씨는 역시 웃음을 띤 채 말했다. 나로서는 그런 걱정이 솟아오르는 건 물론이거니와 이제부터 거래처의 의뢰를 계속 거절해야 하니 마음이 무거웠다.

아래쪽에서 대화 소리가 났다. 나무들 사이로 노란 형광색과 포도주색 등산복이 어른어른 보였고, 떠들썩하게 이야기를 나누는 목소리가 들려왔다. 잠시 후 구리키가 낯선 야마걸 그룹과 올라오는 모습이 보였다.

"뭐, 저렇게 태평한 녀석도 있지만."

마쓰우라 씨가 등산 스틱을 짚고 일어섰다.

현재로서는 인원이 없어서요. 나는 그런 핑계로 거래처의 의뢰를 거절했다. 꼭 한번 보러 와달라고 요청하면 문제가 있는 곳을 확인하고 '경과 관찰'로 처리했다. 제안했던 공사도 "경과를 좀 더 관찰해보죠", "시공 효율을 고려하면 지금은 경과를 관찰하는 편이 좋겠네요" 하고 제안을 철회했다. 그렇게 어영부영 뒷걸음질 치듯 고객과 연을 끊어나갔다.

"나는 정말 죄송합니다, 하고 그냥 전화로 거절해요." 이런 면은 구리키가 거래처와 인연을 맺은 기간이 나보다 짧아서이기도 하겠지만, 이 남자의 강점이기도 하다. 구리키는 새로운 체제의 주축인 어빈의 담당자가 됐다. 담당할 곳이 발표되자 구리키는 "아자!" 하고 남들 눈치 보지 않고 주먹을 불끈 쥐었다. 나는 건물 관리 회사, 메가 씨는 대형 종합 건설사를 담당하게 됐다.

나는 핫토리 과장을 따라 맨션 관리 회사 몇 군데를 방문해 '영업과 제3그룹'이라고 적힌 새 명함을 돌렸다. "무슨 일에든 척척 대응할 능력이 있는 직원이니까, 필요한 게 있으시면 서슴없이 말씀해주십시오." 핫토리 과장이 그렇게 말하며 내 등을 두드리자 담당자는 "아, 그럼 지금 당장" 하고 자료를 가지러 갔다.

그런 식으로 여러 건이 들어왔다. 지은 지 35년 된 이타미시의 46세대 저층 맨션, 42년 된 도요나카시의 310세대 주택단지 여섯 동, 23년 된 아시야시의 65세대……. 조사 의뢰와 견적 의뢰가 잇달아 날아들었다. 하지만 실제 어떨지는 모른다. 얼마나 구체적인 건일까. 계획에 따른 의뢰일까. "조사해볼까요? 무료 서비스입니다" 하고 고객의 기분을 맞춰주기 위해 우리 쪽에서 '박리'를 무릅쓰고 꺼낸 이야기도 있을 것이다. 그냥 비용이 어림잡아 어느 정도일지 파악하고 싶어서 견적을 의뢰했을 가능성도 있다. 어쩌면 타사의 단가를 후려치기 위해 비교 대상으로 삼으려는지도 모른다. 제출한 견적서가 언제 사용될지, 애당초 수주로 이어질지 하도급사인 우리는 알 수 없다.

"멍청이야! 그런 걸 잘 알아내고 살살 구슬려서 일감을 물어 오는 게 네가 할 일이잖아. 술도 좀 먹이면서 좋은 관계를 유지하란 말이야." 핫토리 과장이 불호령을 내렸다.

나는 현장에 가서 조사하고, 보고서 또는 견적서를 작성해 원도급사인 관리 회사에 계속 제출했다. "오, 의욕이 넘치는군요." 사장은 차례차례 가져오는 견적서를 보고 만족스러운 듯 회사 직인을 찍어주었지만, 나는 이런 것이야말로 군더더기가 아닐까 싶어 불만이었다.

제한 없이 들어오는 현장 조사 의뢰와 보고서 및 견적서 작성도 골칫거리였지만, 무엇보다도 그들이 던져주는 잡무 때문에 힘들었다. "미안하지만 옥상 사진 좀 찍어서 보내줄래요?" "폐자재 처분 좀 도와주세요." "고압 세정기 있나? 좀 빌려줘." 물론 전부 '무상'이다. 원도급사인 그들은 하도급사인 우리를 당연히 써먹어야 할 자원처럼 여기는 듯했다. 이렇게까지 고생하는데 과연 수주율은? 하지만 우에무라 부장이 수주율을 검토하는 건 일러도 반년 후였다.

바빠지는 바람에 일찍 퇴근하기는커녕 오히려 퇴근이 더 늦어졌다. 역 앞 편의점에서 발포주를 사서 마시며 인적이 드물어진 길을 걸어서 집으로 향했다. 조용한 우리 집의 작은 창문으로 노란색 불빛이 희미하게 새어 나왔다.

"요즘, 늦네." 현관에서 신발을 벗고 있으니 아내가 침실에서 고개를 내밀었다. 담당이 바뀌었다는 이야기는 했지만, 회사의 영업 방침과 함께 업무 내용이 달라졌다는 건 자세하게 이야기하지 않았다. 직장의 급격한 방침 전환이나 스스로 생각하기에도 찜찜하고 불안하기 때문이었다.

지속적인 공사 수주. 머리 위에 매달린 그런 당근에 홀려

원도급사의 심부름꾼처럼 행동한다. "당근을 못 먹으면 아무 의미도 없잖아요." 역시 관리 회사를 담당하게 된 고니시가 더러워진 작업복을 털면서 투덜거렸다. 정도의 차이는 있을지언정 종합 건설사나 어빈도 마찬가지이리라. "구리키, 넌 어때?"

"뭐 그리 시키는 게 많은지. 지난주에도 원도급 담당자가 미나미(오사카시 주오구에 위치한 번화가의 총칭)까지 바래다달라고 하더라고요."

지금까지는 핫토리 과장이 그런 일을 했으리라. 실컷 부려먹는데도 알랑거리는 웃음을 지으며 관계를 유지하고, 겨우 공사를 한 건 수주한다. 그걸 과연 '비즈니스 파트너'라고 할 수 있을까.

"하지만 난 원도급 담당자와 사이가 엄청 좋아요. 몬스터 스트라이크(일본의 인기 모바일 게임)도 같이 한다고요." 구리키는 그렇게 말하며 웃었다.

역시 원도급사를 상대하기에는 이런 사람이 제격이다. 그렇다면 종합 건설사를 담당하는 메가 씨는 어떨까. 메가 씨가 이런 식으로 담당자와 친분을 쌓을 수 있을까. 역시 이것저것 시키는 일이 많아서 바쁜지, 메가 씨를 사무실에서 보기가 예전보다 더 어려워졌다.

저녁에 자재 재고를 확인하러 창고에 가니, 입구에 꽁무니를 댄 미니밴 짐칸에서 메가 씨가 재료를 내리고 있었다.

"도와드릴게요." 내가 양철통을 들어 올리자 "오, 고마워" 하고 어두운 짐칸에서 메가 씨가 하얀 이를 내보였다.

"종합 건설사는 어떻습니까?" 양철통을 받으면서 물어보았다.

"잔소리가 많지만, 뭐, 안 그런 곳이 있나."

현장 경력이 많은 메가 씨는 종합 건설사에 대응하는 데 익숙한지 아무렇지도 않게 말한 후, 쿵쿵 내려치듯 짐칸 끝에 방수제 양철통을 쌓아나갔다.

"단발성 방수 공사입니까?" 물어보자 메가 씨는 잠시 아무 말도 없다가 "응? 그렇지, 뭐" 하고 웃었다.

그렇다면 기존 고객에 대응해 메가 씨가 공사를 멋대로 진행하는 것이다.

"괜찮을까요?" 쓴웃음을 지으며 말하자 "안 괜찮을걸" 하고 메가 씨도 웃었다.

양이 어중간하게 남은 양철통 몇 개는 폐액이 담긴 드럼통 앞에 쌓고, 매직펜으로 날짜를 적었다.

"고마워, 덕분에 빨리 끝났네." 메가 씨는 짐칸에서 내려와 손에 묻은 도료를 도장용 시너로 닦아냈다. 부옇게 탁해진 시너가 담긴 소주 페트병을 콘크리트 바닥에 내려놓자 주변에 시너 냄새가 풍겼다. 메가 씨가 직접 도료를 칠한 것이다.

"미안하지만 셔터 좀 닫아주겠어?" 메가 씨는 목장갑으로 손을 닦으며 차로 돌아갔다.

"산에는 가십니까?"

메가 씨가 산에 오른다는 사실은 알고 있었다. 연말연시에도 연일 올랐다. 나는 처가댁의 거실 소파에 앉아 메가 씨의 '산행 기록'을 들여다보았다.

"응, 시간 날 때면." 상무가 떠나고 체제가 바뀌어도 메가 씨의 일상은 달라지지 않았다. 메가 씨는 목장갑을 뭉쳐서 폐기물 상자에 던져 넣고 창고를 떠났다.

아무래도 어빈 HD의 동태가 수상쩍었다. 3월이 지났는데도 봄으로 연기한 공사를 발주하지 않았다. 가설 계획, 현장 대리인, 협력업체도 이미 정해놓은 몇몇 대규모 공사가 거듭 연기됐다. 이미 어빈 HD는 독단으로 착공 시기를 여러 차례 변경하곤 했다. 늦출 때도 있었고, 앞당길 때도 있었다. 회계상의 이유겠지만 '절대 엄수'하라며 느닷없이 무리한 공사 일정을 잡기도 했다. 그러한 변덕이 당연시되다 보니 작년 가을 공사가 봄 공사로 늦춰졌을 때도 수상쩍어하는 사람은 없었지만, 발주가 또 연기되고 한 달이 지나 발주를 재차 연기한다는 소식이 전해지자 회사에 동요가 퍼져나갔다.

"어빈은 어떻게 된 걸까요?" 다몬 씨가 작업원 명부에 포스트잇을 붙이며 중얼거렸다.

마키 씨가 얻은 정보에 따르면 어빈 HD는 몇 년 전부터 외딴섬에서 리조트를 개발 중인데 사업 투자가 원활하지 않다고 한다. 마침내 어빈의 주요 사업인 건물 임대업까지 그 영향이 미치기 시작한 걸까. 그렇다면 설비 투자부터 감축에 들어갈 텐데, 이는 공사 수주 여부와 직결된다.

"위험한 거 아니야?" 그런 목소리가 직원들 사이에서 새어 나오기 시작했을 무렵, 이미 현장에 들어갈 예정이었던 공사 담당자가 한 명, 또 한 명 사무실에 온종일 죽치고 있게 됐다.

"사장님이 통화한 사람, 은행 담당자야."

"역시 작은 공사도 맡는 편이 낫지 않을까요?"

"스미 씨가 또 왔어요. 착공 시기를 협의하러 왔다든가, 그런 반가운 소식이면 좋을 텐데요."

거래 자체는 선대 사장 시절부터 했었으므로 어빈 HD와

업계에서 알고 지낸 지는 오래됐다. 하지만 1년에 몇 번, 소규모 수리를 의뢰하느냐 마느냐 하는 정도라, 계좌만 터놓은 사이라고 봐도 무방했다. 그러다 갑자기 주요 시설의 계획적인 보수 등 대규모 공사 이야기가 들어왔다. 3년 전, 사장이 스미 씨와 친분을 맺었을 무렵부터라고 한다.

스미 씨는 늘 회사 앞에 검은색 렉서스를 대고 "안녕하신가" 하고 인사하며 들어온다. 벗어진 건지 빡빡 민 건지 번들번들 빛나는 대머리다. 부리부리하니 툭 튀어나온 눈과 더블슈트를 차려입은 모습에서는 꽤 박력이 느껴진다.

"지로 군(동년배 또는 손아랫사람을 부르거나 이르는 말로, 일본에서는 나이대와 상관없이 쓰인다. 여기서는 허물없고 다소 하대하는 관계성이 드러나는 표현이다) 있나?" 스미 씨는 제집처럼 사무실 안쪽까지 들어와서 눈에 띈 직원에게 말을 건다. "……지로, 군?" 지난달부터 파견직으로 일하는 와타나베 씨가 당황해하자 난바 씨가 얼른 "아, 이쪽으로 오시죠" 하고 응접실로 안내하려 하지만, 스미 씨는 그걸 손으로 제지하고 사장실로 향한다.

그런 식으로 스미 씨는 늘 고베의 인공 섬에 있는 회사를 빠져나와 차를 마시러 사장실을 찾아왔다. 가장 중요한 고객이기에 사무실에서는 금연인데도 스미 씨가 윗옷에서

라이터를 찾는 낌새가 보이면 즉시 누군가가 재떨이를 가져왔고, 반쯤 놀이 삼아 공사 현장을 둘러보러 온 스미 씨가 헬멧과 안전띠를 착용하지 않고 대머리를 드러낸 채 비계에 올라가도 아무도 말리지 못했다. 스미 씨는 후지키 상무가 떠난 후로 더 자주 우리 회사에 얼굴을 내비쳤다.

"하지만 딱히 일 이야기를 하는 건 아니잖아요?" 마키 씨가 말했다.

시찰이나 연수 명목의 여행과 골프, 아시아의 요트 항구에서 선상 미팅. 사장과 스미 씨는 물론 업무를 떠나서도 교류했는데, 스미 씨가 '잠재 능력 개발'을 표방하는 자기 계발형 영성 단체의 간부이며, 사장도 '세미나'와 '공부 모임'에 참석하고 있다고 들었다.

거의 단독으로 지명받아 어빈 HD의 공사를 수주할 수 있는 기회. 처음에는 사장도 그걸 우리 회사에서 독차지하고 싶다는 일념으로 스미 씨의 비위를 맞춰가며 세미나에 참석했을지 모른다. 하지만 "아, 사장님이 나한테 책자를 줬어요. 슈퍼 의식 혁명이라나 뭐라나" 하고 언젠가 구리키가 말했던 것처럼, 그러다가 그 영성 단체에 푹 빠져서 이제는 단체 간부인 스미 씨를 완전히 신봉하는 듯했다.

요전에도 사장은 영업 회의 직전에 훌쩍 찾아온 스미 씨를 따라 외출했다가 결국 돌아오지 않았다. 그 또한 나름의 영업 활동일 수도 있겠지만, 어쩌면 사장은 마음이 완전히 다른 곳에 있는지도 모른다. 사장이 불참하자 영업 회의 분위기는 축 늘어졌다. "무슨 의견 없어?" 하고 핫토리 과장이 물었지만 이렇다 하게 건설적인 이야기는 나오지 않아서 10분여 만에 회의를 마쳤다.

"큰 회사와 제휴해 하도급에 주력하는 게 전략상 옳은 선택이라고 한들, 일거리가 들어오지 않으면 아무 의미 없잖아." 대규모 현장을 잃은 공사과 사람들의 입에서도 그런 불평이 쏟아지기 시작했다.

"오, 하타 군. 자네가 담당한 관리 회사는 어때?"

관리 회사에 제출한 견적서 가운데 몇몇 건이 진행되어 프레젠테이션에 불려 가는 횟수가 차츰 많아졌다. "M이면 되겠죠?" 하고 관리 회사의 마크가 들어간 작업복을 지급해서 나도 그걸 입고 그들의 일원으로서 프레젠테이션에 참석한다. 그들은 내가 작성한 프레젠테이션 자료를 그대로 읽고 형식적으로 설명은 하지만, 고객이 작업 내용을 자세히 파고들면 "어, 그 부분에 대해서는" 하고 나를 향해 고개를 돌린다.

맨션 관리 조합을 상대로는 주말에 프레젠테이션을 진행한다. "뭐야, 또?" 아내는 턱이 빠질 것처럼 입을 떡 벌리고 불만을 토해냈다.

"나도 풀 근무인데 주말에 혼자 애를 보라고? 돌아가시겠다."

아내에게 안겨 분유를 먹고 싸기만 하던 아이가 빨빨 기어다니고, 일어서서 걷고, 이제는 뛰어다닌다. 아무것도 할 줄 몰랐던 아이가 3년이 흘러 뭔가 할 수 있게 되었지만, 그건 손이 더 많이 간다는 뜻이었다. 그리고 입사 4년 차인 나는 명확한 실적을 요구받는 시기이니만큼, 담당한 관리 회사와 좋은 관계를 유지해 빨리 거래 실적을 올려야 했다.

"이래저래 의뢰는 들어오니까 일이 잘 풀리고 있는 것 같기는 해. 그리고 중요한 시기라서." 반쯤 나 자신을 타이르듯 그렇게 말하자 "일이니까 어쩔 수 없기는 하지만" 하고 아내는 아랫입술로 뚜껑을 닫듯 입을 다물었다.

한동안 묵묵히 빨랫감을 구분하던 아내가 "어? 일이 더 늘어나면 주말에 더 자주 출근해야 한다는 거야?" 하며 고개를 들었다. 제출한 견적서가 통과되면 프레젠테이션을 진행한다. 그건 매출로 이어진다는 뜻이므로 분명 좋은 일이지만, 수주에 성공하면 다음은 공사 설명회다. 공사가 시작되면 조합에 보고해야 한다. 매달, 그런 일정 역시 주말에 잡힌다. 그렇게 되면 주말은 일로 채워진다.

"최대한 일찍 퇴근하도록 노력할게……." 내가 딸을 끌어안으며 말했지만, 아내는 아무 말 없이 빨랫감을 들고 일어섰다.

봄이 지나가고 장마가 끝났는데도 어빈은 공사를 발주하지 않았다. 안달이 난 핫토리 과장은 허가를 받아 어빈의 시설과 사무실 한구석에 책상을 들여놓고 상주하는 업자처럼 교대로 누군가를 늘 앉혀놓았지만, 그러한 조치가 효과를 보기는커녕 잡무만 늘어났다. 과장은 더 초조해져서 신경이 곤두섰는지 눈에 쌍심지를 켜고 다녔다. 지금껏 늘 일찍 퇴근했던 우에무라 부장도 늦게까지 회사에 남아 있는 날이 많아졌다.

관리 회사의 공사 회의에 참석했다가 사무실로 돌아오니 응접실 문이 닫혀 있었다. 이미 7시가 지났으니까 다른 회사 사람은 아니다. 그렇다면 직원일 테니 구리키에게 '누구?' 하고 몸짓으로 물어보자 "과장님과 하나타니 씨요!" 하고 큰 소리로 대답했다. 대답이 끝나기가 무섭게 문이 열리고 얼굴이 벌겋게 달아오른 하나타니 씨가 눈을 부라리며 나왔다. 그 뒤에서 고개를 내민 핫토리 과장이 나를 보고 "어이, 하타, 잠깐 와봐" 하고 손을 들었다.

응접실에 들어가자 과장은 문을 닫으라고 하더니 소파에 털썩 앉아 한숨을 푹 내쉬었다. 그 모습을 보고 내가 먼저 입을 열었다.

"왜 그러십니까?"

"왜냐니, 분위기 파악 좀 해. 그쪽은 좀 어때? 공사 따낼 수 있을 것 같아?"

주말에 또 프레젠테이션이 있다. 50세대 규모의 저층 맨션인데, 따내면 착공이 빠른 건이었다. 다다음 주에는 또 다른 프레젠테이션. 그 외에도 견적서를 얼마나 제출했는지 모를 정도다.

"제발 부탁이다. 잘해봐." 과장은 무거운 눈빛으로 내 얼굴을 보았다.

하지만 결국 어빈에서 공사를 발주하지 않으면 속수무책이다. 어빈은 어떻게 돌아가고 있을까. 하지만 조심스러운 마음에 물어보지 못했다.

"종합 건설사 쪽은 어떻습니까?"

"아직 평가하는 중이겠지. 단발성 공사밖에 제시하지 않아. 잘됐다 싶었는지 메가는 멋대로 재료를 꺼내서 뭔가 일을 벌이고 말이야. 이제 재고 관리는 마쓰우라 씨에게 맡기기로 했어."

메가 씨의 행동이 핫토리 과장에게 완전히 들통났다.

"어빈이 좀처럼 곁을 내주질 않는군. 노후화 조사나 부분 보수같이 시답잖은 일만 맡겨. 이러다간 자료실 벽지도 교체해달라고 하는 거 아닌지 몰라. 어쨌거나 예산은 스미 씨가 쥐고 있으니까."

웬일로 푸념을 늘어놓는 핫토리 과장도 막다른 골목에 몰린 상태였다. 이번 분기는 작년에 수주한 공사로 버틸 수 있지만, 지금 일이 들어오지 않으면 하반기에 담당할 현장이 없으므로 다음 분기 매출도 없다. 어빈의 발주를 전제로 방침을 바꾼 만큼, 예상이 빗나가면 심각한 영향을 받는다.

"하지만 사장님이 스미 씨와—" 그렇게 말하자 과장은 코웃음 치더니 "어휴, 그런 게 무슨 도움이 되겠냐" 하고 야비한 웃음을 지었다.

돌아가는 분위기가 심상치 않건만 정말 묘하게도 사장 혼자 쾌활했다. 일부러 그렇게 행동하는 건지, 협력업체 사장이나 신용금고 담당자를 상대로 너털웃음을 터뜨리는 소리가 사장실 밖까지 들렸다. "대체 무슨 생각이람." 직원들 모두 그 속내를 미심쩍어했다. 관리직의 정례 회의는 예전과 다름없이 별로 오래 끌지 않고 끝나는 듯했다. 우에무라 부장과 핫토리 과장이 떨떠름한 표정으로 사장실에서 나온 후 사장이 고개를 내밀고 "아, 난바 씨, 초밥집 좀 예약해줄래요?" 하고 평소와 다름없는 목소리로 부탁했고, 얼마 지나지 않아 입구 쪽에서 "안녕하신가" 하고 탁한 목소리가 들려왔다.

눈부신 햇살 속에서 등산 스틱을 짚으며 등산로를 걷는다. 무성한 푸른 잎 아래 그늘로 들어가자 약간 시원해졌다. 산에서는 이미 매미가 울어대고 있었다. 평일이라 등산객이 얼마 없는 등산로를 나는 덤덤히 걸었다. 그늘 속에서는 나무숲이 어둡고 어쩐지 쓸쓸하게 느껴졌지만, 그런 점이 지금의 내 기분에 잘 맞았다. 뭐가 변한 걸까. 산은 변하지 않는다. 그렇다면 변한 것은 나 자신과 나를 둘러싼 상황이다. 사장은 늘 스미 씨와 함께 외출해서 회사에 없고, 핫토리 과장은 안달복달하며 어빈의 사무실에 죽치고 있었다. 어느 틈엔가 상무의 자리로 옮긴 우에무라 부장은 온종일 컴퓨터 화면만 들여다보았다. 숫자를 보고 있을 부장의 안색은 밝지 않았고 미간의 주름도 깊었다.

작년 말부터 고작 반년 정도 만에 상황이 이토록 변할 수 있을까. 입사한 지 약 3년. 당시는 어빈과 밀접한 관계를 맺기 시작했을 무렵으로, 공교롭게도 나는 회사 방침이 크게 달라지는 요인이 생겼을 즈음에 입사한 셈이다. 아니, 그렇다기보다는 사장이 구상하는 새로운 체제의 영업 사원으로 채용됐다고 봐야 할지도 모른다.

도중에 정자에 앉아 거리를 바라보았다. 4월부터 마쓰우라 씨가 다시 산행을 계획했지만, 회사 내부 분위기가 어수선한 탓에 참가자가 줄어서 작년만큼 흥하지는 않았다. 나도 주말 업무가 늘어서 산악회 행사에는 참가하지 못했고, 대체 휴무를 받은 평일에 혼자 산에 오르게 됐다.

산에 올라도 결국 일 생각만 한다. 귀에 맺힌 땀이 턱을 타고 떨어졌다. 계단이 설치된 경사면을 한 발짝 한 발짝 올라갔다. 숨을 헐떡이며 침을 삼켰다. 눈을 드니 더 푸르러진 초여름 나뭇잎들이 흔들리고 있었다. 걷다 보면 조금은 마음이 상쾌해질까 싶어서 산에 왔지만, 걸어도 걸어도 번민이 쫓아와서 다리에 엉겨 붙었다. 달아나듯 바쁘게 걸음을 떼었지만 번민은 어디까지고 따라오려는 듯했다.

학교를 졸업하고 작은 건축 사무소에 취직했다가 대형 리모델링 회사로 자리를 옮긴 지 약 10년. 여러모로 만만치 않은 직장이었지만 나름대로 열심히 일했다고 자부했다.

그런데 3년 전 사업 연도 말에 내가 정리 해고 대상에 올랐다는 사실을 알았다. 지점장인 야마다 씨가 점심을 먹자기에, 낮에는 백반을 내놓는 술집에 가서 밥을 먹고 하잘것없는 잡담을 나누었다. 그러다 야마다 씨가 갑자기 화제를 바꾸었다.

"그런데 하타 군, 자네도 이제 새로운 무대에 도전해보는 게 좋지 않겠나?"

야마다 씨는 이쑤시개를 입에 물고 조명을 반쯤 꺼놓은 술집 내부에 시선을 주었다.

재해 복구와 관련된 수요를 노리고 몇 년 전 도호쿠 지방에 낸 지점은 철수했고, 태양광 발전 사업이 벽에 부딪혔다는 이야기도 있었다. 회사 실적이 시원치 않다는 건 알고 있었다. 하지만 뜬금없이 왜 나를? 두드러지게 성과가 좋지는 않았지만, 나쁘지도 않았다. 솔직히 말해 나보다 성과가 좋지 못한 영업 사원은 얼마든지 있었다. 하지만 이건 '종합적 판단'에 따른 결과라고 했다. 사업 연도 말에는 인사 관련 면담도 있다고 했다. 그에 앞서 나를 설득하는 것이 야마다 씨에게 주어진 '특명'이라는 것을 눈치챘다. 나는 입을 다문 채 꺼먼 빛깔 메밀국수 장국 표면에 남은 고추냉이 알갱이를 바라보았다.

'부당 해고', '불법'이라고 분개하며 노동 쟁의를 지원하는 비영리 단체에 달려간 사람도 과거에 있었지만, "그런다고 뭐가 달라지겠나? 기를 쓰고 회사에 머무른들, 더 철저하게 당하겠지. 아침부터 밤까지 전단지를 돌리고 오라고 해도 불평 못 해. 하나부터 열까지, 그야말로 아주 사소한 행동까지 감시하며 트집을 잡아 감봉할걸? 그럼 또 고소할 건가? 그렇게까지 하면서 회사에 매달려서 어쩌자고? 진심을 말하자면 나도 이딴 회사……. 그렇지만 난 아이가 셋이나 되고 나이도 쉰 살이 넘었어. 하지만 자네는 아직 젊어. 아, 저기요." 야마다 씨가 뜨거운 커피를 두 잔 주문했다.

커피가 나오자 "그것보다" 하고 야마다 씨가 명함을 두 장 내밀며 아는 업자를 소개해주겠다고 했다.

하지만 그때 내게는 그 제안을 쉽사리 받아들일 수 없는 사정이 있었다. 임신 9개월인 아내는 한 달 전부터 정신적으로 불안정해졌다. 걱정 많은 성격도 한몫해서 미래를 위해 보험 회사에 취직한 아내가 이런 사실을 알면 몸에 탈이 날지도 모른다.

나는 산전 휴직 중인 아내 몰래 구직 활동을 해야 했다. 하지만 급하게 직장을 옮겼다가 오래 다니지 못하면 경력에 오점이 생긴다. 시간이 걸리더라도 신중하게 진행할 필요가 있었다. 그런데 새 직장을 구하기 전에 해고되면…….
나는 여차하면 매일 아침 시치미를 뚝 뗀 얼굴로 집을 나서
서 패스트푸드점이나 카페, 또는 도서관으로 '출근'할 각오
도 했다. 한 달이나 두 달. 구직에 시간이 얼마나 걸릴지는
모르지만, 그동안 버티기 위해 미국에 사는 형에게 도움을
요청했다. 다행히 시차 때문에 밤낮이 반대이므로 밤중에
몰래 전화를 걸어 부탁했다. "알았어, 알았어. 중요한 시기
잖아. 나중에 계좌 알려줘." 형은 내 사정을 이해하고 월급
으로 위장하기 위한 돈을 흔쾌히 보내주었다.

지역을 거점으로 53년. 융자 없는 경영. 숙련된 직원 다
수 재직. 주말 휴일 보장. 거래처 다수. 기존 고객 위주로 영
업. 사업 확대로 영업 담당자 모집. 건축 관련 경험자 대환
영—. 구인 구직 사이트의 광고문을 곧이곧대로 받아들인
것은 아니지만, 대기업 서류 심사에서 네 번 연속 떨어진
뒤 이 회사의 서류 심사를 겨우 통과했으므로 나는 즉시 면
접을 보러 갔다.

원래는 면접을 두 번 봐야 하지만 후지키 부장이 한마디
해준 덕분에 한 번 만에 채용됐다. 회사를 나서니 맞은편에
자리한 신사에 흐드러지게 핀 벚꽃이 흔들리고 있었다. 이
틀 후, 집으로 '채용 통지서'가 배달되어 유도 분만을 위해

전날 입원한 아내에게 보여주자, 아내는 "응?" 하고 얼빠진 목소리를 냈다. 그리고 이틀 후 딸이 태어났다.

그로부터 약 3년. 격주로 토요일에 출근해야 했지만, 지난번 직장과 달리 기업을 상대하므로 주말과 공휴일은 기본적으로 쉰다. 급여는 낮아졌지만 아내도 "이제부터 열심히 하면 되지" 하고 긍정적으로 반응했고, "지금부터 보내지 않으면 못 보낼 거야"라며 6개월 된 딸을 어린이집에 보내고 금방 직장에 복귀했다. 또한 니시노미야 시내에 있는 주차장 딸린 2DK(숫자는 방 개수, DK는 다이닝키친(dining kitchen)의 약자로 식사 공간을 겸한 주방을 의미한다) 사택을 회사가 월세 4만 엔에 제공해주는 것도 고마웠다. JR고시엔구치역에서 걸어서 10분. 지은 지 40년이 넘는 허름한 3층짜리 철근콘크리트 건물이지만, 내부는 리모델링했고 1층인 우리 집에는 손바닥만 하나마 안뜰도 있었다. 회사에서는 그 건물의 그 집만 사택으로 임차했다. 나는 입사한 지 1년 넘게 지나서야 건물에 '어빈 파티오 고시엔구치 Ⅱ'라는 이름이 붙은 까닭을 알았다.

나뭇가지 너머로 무신경할 만큼 밝은 하늘이 보였다. 무거운 땀방울이 가슴에 흘렀다. 매미가 시끄럽게 울어댔다. 돌림노래 하듯 소리가 서로 겹치고 부딪치며 막을 이루어

나를 짓누르는 것 같았다.

좁은 등산로가 굽이지는 곳의 바위밭에 대학생으로 보이는 젊은이 네 명이 길을 막듯 앉아 있었다. 내가 다가가자 "안녕하세요" 하고 인사하면서도 비키지는 않고 계속 이야기를 나누었다. 젊은이들을 피해 수풀 쪽으로 지나가면서 나도 모르게 혀를 찼다. 나는 여유를 잃었다. 가파른 오르막을 걸었다. 아부라코부시산으로 향하는 루트의 분기점인 광장에서 바다에 녹아든 것처럼 부옇게 흐려 보이는 매립지에 시선을 주었다.

이제 예전 같은 신선함은 없었다. 멈춰 서서 잠깐 바라보다가 물통의 물로 목을 축이고 다시 올라갔다.

아무리 걸어도 마음은 상쾌해지지 않았다. 오히려 온몸을 감쌀 듯 솟아오른 불안감이 등을 무겁게 짓누르고 다리에 엉겨 붙었다. 불안의 점도가 점차 진해져서 나는 결국 그 자리에 멈춰 섰다.

이대로 올라가면 포장도로로 나가서 롯코 케이블카 산위역에 도착할 터였다. 근처에 전망대가 있고 등산객과 관광객도 많은 곳이다. 그렇게 생각하자 다리가 더 무거워졌다. 등산로에 한낮의 햇살이 하얗게 반사되어 눈이 아플 정도였다.

문득 눈을 돌리자, 길옆의 나무숲은 어슴푸레하고 조용해서 마음이 편해졌다. 숲 안쪽을 가만히 들여다보았다. 어스름 속의 나무와 풀은 숨죽인 것처럼 고요했다. 옅은 잿빛 수목, 빨간색과 황갈색 낙엽, 땅을 기는 나무뿌리, 시커먼 부엽토, 그것들을 떠받치는 지표면에 아롱진 햇빛이 흔들렸다. 손을 뻗어 소귀나무의 거무스름한 가지를 치우고 반발짝 들어가보았다. 잠시 있으니 한 덩어리로 보였던 나무들이 신기하게도 성글어 보였다. 몸을 비틀거나 웅크리면 나무들 사이로 못 지나갈 것도 없을 듯했다. 하지만 저 안쪽은 어떨까. 메가 씨는, 그 사람은 늘 이런 곳만 지나다니는 걸까.

위쪽에서 땅을 밟는 소리가 들려서 올려다보자 "안녕하세요!" 하고 내려오는 사람들이 인사했다. 나는 고개만 끄덕여 답하고 옆으로 비켜주었다. 입안이 바싹 말라서 목소리가 나오지 않았다. 그들이 지나가자 나는 발걸음을 돌려 산에서 내려왔다.

한번 키를 잘못 잡으면 이 정도 규모의 회사는 반년 만에 기운다. 마음을 푹 놓고 있었던 건 아니지만, 비빌 언덕이 하나 무너졌다고 해서 이렇게 어이없게 상황이 변하다니

당황스러웠다.

무겁고 답답한 분위기가 감돌아서인지 사무실도 조금 어두침침해 보였다. 아니, 실제로 어두웠다. 같은 층의 남쪽에 자리한 사장실은 사장의 의사를 표시하는 것처럼 늘 문을 열어놨지만, 최근에는 닫혀 있을 때가 많았다. 스미 씨가 왔을 때나 우에무라 부장, 핫토리 과장 또는 두 사람이 함께 들어가 있을 때로, 일단 닫히면 오랫동안 열리지 않았다. "오히려 아주 알기 쉬운데요" 하고 다몬 씨는 웃었지만 곧 기어드는 목소리로 중얼거렸다. "역시 우리 회사 대위기인 거겠죠……."

"그것도 그렇지만 어빈이 위태로운 거겠죠? 발주하고 싶어도 못 하는 거잖아요."

"임대 중인 부동산을 매각하나 보더라고."

"가노초에 있는 점포도 내부 설비를 철거했어. 거기도 어빈 계열이잖아?"

온갖 예측과 소문이 짙은 안개처럼 사무실을 가득 채웠다. 뒤쪽에서 들려오는 그런 이야기에 귀를 기울이며 공사 설명회 자료를 만들고 있으니 손이 저절로 마우스에서 자꾸 떨어졌다.

"……다녀왔습니다." 하지만 키가 작은 메가 씨만큼은 안

개 밑으로 가뿐가뿐 지나가는 것처럼 회사 분위기에 아랑
곳없이 홀로 초연하게 업무를 처리하고 산에 올랐다. 메가
씨는 푸르게 우거진 신사의 녹음을 배경으로 등을 웅크리
고 컴퓨터 화면을 들여다보았다.

"상반기 수치가 나왔나 보던데요."
"위험한가 봐. 에비에의 빌딩도 보류됐지? 그건 공사하
겠다고 장담했던 건인데."
마키 씨와 마쓰우라 씨가 선두에서 이야기를 나누었다.
목소리를 낮추기는 했지만, 내게도 잘 들렸다. 그 사실을
알아차렸는지 마쓰우라 씨가 돌아보았다.
"어빈에만 너무 기대는 게 아니었어. 그렇지, 하타 군?"
우에무라 부장의 방침에 찬성했던 마쓰우라 씨가 이제
와서 그런 소리를 했다. 우리는 가와치나가노역에서 버스
를 타고 오사카부 지하야아카사카무라로 왔다. 다이난 공
(가마쿠라 막부 말기 무장인 구스노기 마사시게의 별칭)이 적은 병
력으로 응전한 지하야 성터가 있는 곤고산에 오르기 위해
서였다. 오랜만에 산악회 행사에 참가했건만, 전철에서도
버스에서도 산에서도 일 이야기만 나왔다.
"사장님도 참 어떻게 된 거람."

"전에는 다각화 경영을 언급하셨는데 말이죠."

"스미 씨와 아주 찰떡같은 사이가 돼버렸지. 이제 떨어질 수 없을 거야. 운명 공동체라고."

마쓰우라 씨는 들고 있던 나뭇가지를 덤불 속에 던졌다.

"어빈도 사업을 축소하고, 희망퇴직을 신청받는다는 이야기도 있는 것 같던데?"

"하지만 규모가 큰 회사니까 그렇게 간단히는." 마키 씨는 희미하게 웃었다.

그런데 그거 아세요? 하고 고노 씨가 끼어들었다. "어빈의 시설과 사람들을 파견 형식으로 우리 회사에 받아들인다는 이야기."

"뭐라고?" 마쓰우라 씨와 사토의 목소리가 거의 동시에 산속에 울려 퍼졌다.

안전 교육 세미나나 송년회, 여름철 단합회에 어빈의 시설과 담당자를 가끔 손님으로 초청하기도 했고, 직원끼리 교류하기도 했다. 그런 자리에서는 시설과 담당자 옆에 젊은 여직원을 앉히고 술을 따르게 하는 등 품위 없는 짓까지 했는데, 그걸 늘 못마땅하게 여긴 사람이 후지키 상무였다.

"그 이야기 진짜야? 후지키 상무님이 있었으면 펄펄 뛰었겠네. 하긴 상무님이 퇴직한 다음부터 스미 씨가 툭하면 회사에 들락날락하기는 했지."

"스미 씨도 선대 사장님 시절부터 있었던 상무님이 껄끄러웠겠죠."

산꼭대기까지 길게 이어지는 계단 길을 한 발짝 한 발짝 올라갔다. 저마다 생각에 잠긴 듯 다들 한동안 말없이 걸음을 옮겼다.

"우리 회사에도 정리 해고 바람이 불 수도 있겠군."

마쓰우라 씨가 느닷없이 그렇게 중얼거리고 발을 멈췄다. 따라가던 나도 앞이 가로막혀서 멈춰 섰다.

"에이, 선대 사장님도 아닌걸요. 설마 그러기야 하겠습니까?" 마키 씨가 역시 웃음 띤 얼굴로 말했다.

방수 기술자로 일하다 닛타 방수 상회를 차린 선대 사장은 독불장군이었다고 들었다. 회사를 존속시키기 위해서라면 동업자도 서슴없이 배신하는 방식으로 공사를 낚아챘고, 자금 융통이 힘들면 하도급자를 쥐어짰으며, 직원도 사정없이 잘랐다고 한다. 당시의 만행에 여태 이를 가는 업자도 있다. 선대 사장이 은퇴한 후, 사장으로 취임해 회사 이름을 '닛타 테크 건축도장'으로 바꾼 조카 지로 씨는 반성하는 차원에서 '스마트'한 경영을 지향했다. 다각화 경영이라는 말도 그래서 꺼냈는지 모른다.

"난 2대 사장입니다." 면접 때 스스로 그렇게 말하고 겸손한 태도로 웃는 사장에게 나는 호감을 품었다. "회사는 사람들의 집합체니까 '혼자'가 아니라 '모두' 함께 해나가고 싶습니다." 그 마음은 지금도 변함없을 터이지만, 훌쩍 나타나는 스미 씨와 함께 회사를 나서는 사장을 직원 '모두'가 접할 기회는 줄어들었다.

"이제 산행 같은 태평한 소리를 할 때가 아닐지도 모르겠군."

뒤돌아선 마쓰우라 씨가 다시 앞으로 향하자 발밑에서 자갈이 잘그락거렸다. 걸음을 옮기는 마쓰우라 씨의 뒷모습을 바라보고 있으니 몸이 갑자기 무거워졌다. 여기서 더 올라가기가 몹시 귀찮았다. 산 공기는 더 이상 상쾌하지 않았고, 풀과 나무도 색채를 잃어서 모조품을 모아둔 호들갑스러운 세트처럼 보였다. 눈앞에 등산로가 울적하게 이어진다. 등에 멘 가방이 무거웠다. 나는 왜 귀중한 주말에 아내와 딸을 버려두고 집에서 멀리 떨어진 곳에서 아무 의미도 없는 중노동을 하고 있는 걸까.

산 위에는 신사 건축물이 있었고, 탁 트인 곳에 찻집과 벤치도 있었다. 수많은 등산객으로 붐벼서 마치 관광지 같았다. "이게 산이냐." 자신도 등산객 중 한 명이고, 본인이 직접 이 산행을 계획했지만 마쓰우라 씨는 불만인 듯했다.

나는 그런 말을 들으며 3년 전 그날 점심, 어두침침한 술집에서 맛보았던 쓰디쓴 일의 기억과 싸우고 있었다. 나중에 알았는데, 내가 일했던 스이타 지점의 영업 담당자 열 명 중에서 정리 해고 후보에 오른 사람은 고작 두 명이었다. 왜 내가 뽑혔을까. 술자리와 마작, 갯바위 낚시, 지부장이 주최하는 골프 대회. 나는 오로지 영업 실적을 내기 위해, 회사 내부의 귀찮은 인간관계를 일절 거부했다. 내 업무만 잘하면 된다고 생각했다. 짐작 가는 점은 그러한 내 '태만'과 그걸 허용하지 않는 회사 내부의 '연줄'이었다.

닛타 테크 건축도장에 입사한 당시만 해도 나는 회식 자리에 최대한 참석하려고 애썼다. 그러나 어느덧 전 직장의 기억도 희미해져서 마음이 해이해졌다.

"한잔하고 가시죠?"

난바역에서 고노 씨, 사토와 헤어진 후 우메다에 도착해 술집 앞을 지나쳤을 때, 나는 마쓰우라 씨와 마키 씨에게 제안했다.

둘 다 놀란 듯 얼굴을 마주 보았지만, 금세 표정을 풀고 "그럼 한잔만 하고 갈까" 하고 장단을 맞추었다. 마쓰우라 씨는 앞으로 2년 더 촉탁 직원으로 일한다. 딸은 둘 다 결혼해서 집을 떠났고, 완전히 은퇴한 후에는 드디어 아내가 허락해준 설산 등반에 나설 예정이라고 들었다. 마키 씨는 1급 건축사라 어디서든 제 몫을 할 수 있다. 50대이지만 산, 술, 경마를 사랑해서 결혼은 하지 않고 얽매이는 것 없이 마음 내키는 대로 독신 생활을 즐기고 있다. 둘 다 나와는 입장도 상황도 다르지만 회사에 애착이 있을 테니, 같은 산악회 회원으로서 나를 신경 써줄 것이다.

이번 분기 실적이 지난 분기와 비교해 40퍼센트 줄어들 것이라는 충격적인 예상이 영업 회의 자리에서 전달됐다. 어빈이 발주하기로 했던 공사가 고스란히 빠져나간 수치였다. 우에무라 부장은 그 말을 끝으로 입을 다물었다.

주요 고객에게 일제히 공격적인 영업에 나서라고 핫토리 과장이 지시했다. 물론 그 목록에는 지금까지 의뢰를 거절해왔던 거래처도 포함된다. "어쨌거나 죽어라 영업해. 제안을 그만둔 공사도 다시 제안하고. 단가를 조정해도 상관없어." 핫토리 과장은 번들거리는 얼굴로 목소리를 높였다.

지금부터 영업한들 제안과 계획 단계를 거쳐 견적을 내야 하고, 상대방도 예산을 확보해야 한다. 그리고 수주, 착공, 공사, 인도. 이번 분기 안에 실적이 나도록 그 모든 것을 해내기는 어렵다. 그건 모두 다 안다. 알지만 아무도 말하지 않는다. 이번 회의에도 사장은 불참했다. 오전에 찾아온 스미 씨와 회사를 나선 후로 돌아오지 않았다.

"이게 뭐야. 결국 핫토리 과장도 사장님에게 아무 말도 못 한다는 거잖아."

주먹구구식의 지시에 영업과에서도 반발하는 목소리가 나왔다. 그 선봉장은 나와 같은 영업과 제3그룹의 고니시로, 동조하는 동료들과 술집에서 모임을 가지기로 했다. "하타 씨도 이상하다고 생각하지 않아?" 하고 질문인지 힐문인지 모를 말을 던지기에, 휩쓸리듯 고니시가 주도한 모임에 참석하게 됐다.

오후 8시가 지나자 책상에 가방을 올려놓고 일어선 핫토리 과장이 "하타, 아직 일 안 끝났어?" 하고 말을 걸었다. 한편으로 나는 구리키를 통해 핫토리 과장의 모임에 끼워달라고 부탁했다. 지금까지는 대학생들처럼 시끌벅적하게 어울리는 그 모임을 멀리했지만, 이제 여유로운 소리를 할 상황이 아니었다. 그리고 공사과의 다케우치 과장과 친하게 지내는 마키 씨에게 제안받은 것을 계기로 공사과 모임에도 얼굴을 내비치게 됐다.

술에 취해 비틀거리며 가로등이 환히 빛나는 밤길을 걸

어서 집으로 돌아갔다. 입구의 턱에 걸려서 현관문에 세게 부딪혔다. "또 회식이야?" 어이없다는 얼굴로 묻는 아내에게 어디까지 이야기해야 할까. 가능하면 솔직하게 털어놓고 그런 모임에 들어가는 비용을 생활비에서 타서 쓰고 싶었지만, 기껏 안정된 지금 생활을 발밑부터 뒤흔들 법한 소리를 하고 싶지는 않았다.

"담당이 바뀌어서 회의가 늘었거든." 거짓말은 아니었지만 업무와는 무관했다. 아내는 더 이상 파고들지 않았지만, 나는 옷깃의 단추를 끄르며 세면실로 도망쳤다.

개인 면담 이야기가 나왔다. 상반기를 반성한다는 명목이었지만, 이미 12월에 들어섰고 지금까지 그런 이유로 개인 면담을 한 적은 한 번도 없었다. 인원 정리를 위한 절차가 분명했다. 이미 몇 명이 우에무라 부장에게 불려 갔다고 한다.

하나타니 씨와 이타쿠라 씨도 면담을 받았다. "뭐, 이타쿠라 씨는 1급 시공관리기사 자격증이 있잖아." "그렇다면 노나카겠군." "녀석은 전과가 있으니까." 노나카 씨는 옛날에 임대업자에게 뇌물을 받은 적이 한 번 있었다. 누가 잘릴 것인가. 술자리에서 그걸 노골적으로 논의했다.

"하지만 제일 위험한 건 메가겠지." 그런 의견도 나왔다.

"그 사람은 무조건이지. 제일 인기잖아요." 사토가 술잔을 흔들며 웃었다.

"어빈의 하라 씨와도 한판 붙었고 말이야."

"하지만 메가 씨는 방수 쪽 일을 제일 잘 알지 않습니까?" 나도 모르게 반론했다.

"그런 거야 업자에게 맡기면 그만이야. 지금은 원도급사와 조율하는 게 중요하잖아? 그 사람은 그걸 못해."

메가 씨는 매직펜을 쥔 채, 색깔이 바뀐 신사의 나무들을 등진 자리에 조금 구부정하게 앉아 있다. 창고에서 멋대로 재료를 꺼내 고객에게 대응하고, 업무를 처리하고, 주말에는 산에 오른다. 누구와도 어울리지 않는지라 소문 자체는 듣지 못했을 수도 있지만, 메가 씨도 회사에 심상치 않은 분위기가 만연하다는 걸 못 알아차릴 리는 없을 텐데. 물론 메가 씨가 베리를 하러 산에 가는 것과는 무관한 일이다. 그래도 홀로 담담히 산에 오르는 그 모습이 내게는 몹시 기묘하게 느껴졌다. 매주 등산 앱에 새로 올라오는 MEGADETH의 산행 기록. 주어진 노역이라도 되는 것처럼 메가 씨는 산에 오른다. 롯코산맥. 스마구의 도가오산, 다카토리산, 스와산, 후타고산. 전부 등산로가 없는 산속을 헤매고 돌아다닌다. 베리를 하고 있다. 늘어나는 메가 씨의 산행 기록을 보며 나는 정체 모를 두려움을 느꼈다.

"하타 씨. 후지 창고의 모리타 씨, 1번요."

히가시나다구에 있는 후지 창고에서 연락이 왔다. 일제
히 영업하라는 지시가 떨어진 후 지난주에 오랜만에 방문
했다. 시설 담당인 모리타 씨는 없었지만, 혹시 몰라서 명
함을 두고 왔다. 후지 창고에는 건축 면적 3000제곱미터 규
모의 정온 창고 보수 계획이 보류 상태로 남아 있었다.

나는 숨을 삼키고 전화를 받았다. 하지만 의뢰 전화가 아
니라 방수 공사와 관련한 클레임이었다. 사일로 기계동의
천장에 누수가 발생했다는 것이다. 작년에 내가 영업을 담
당해 함석지붕의 부분 방수 공사를 진행했다. 보수한 범위
근처에서 물이 떨어진다고 했다. 부분 보수는 보증 대상이
아니라는 걸 알지만 "아직 1년도 안 지났는데 어떻게 안 되
겠습니까?"라는 이야기였다.

"일단 확인하겠습니다."

원인을 알아내서 시공에 문제가 있었다는 사실이 밝혀
지면 하도급자와 담판을 짓겠지만, 원인을 모르면 골치 아
프다.

다음 날부터 시공한 방수업자와 조사에 들어갔다. 방수

제 제조사의 담당자도 불러놓고 물을 뿌려서 원인을 알아내려고 시도했지만 잘되지 않았다. 원인이 있을 만한 곳을 예측해서 범위를 좁히고 몇 번 보수 작업을 했지만 누수는 멈추지 않았다. 결국은 방수업자도 제조사도 두 손 들었는지 "역시 전체를 다 수리하는 수밖에 없겠네요" 하고 말했다. 그래서는 애당초 부분 방수 공사를 제안한 의미가 없다. 그런 소리는 도저히 상대방에게 할 수 없다. 하지만 아무리 부탁해도 "부분 보수니까 보증 대상 아니잖아요. 보수 범위 밖에서 물이 들어오는 건지도 모르고" 하며 업자도 포기하고 더 이상 상대해주지 않았다. "다나베 씨에게는 말했는데요" 하고 제조사 담당자도 거들고 나섰다. 당시 현장을 담당했던 공사과 다나베는 작년에 그만뒀다. "어떻게 좀 안 되겠습니까?" 나는 물고 늘어졌다.

"나 원 참, 하타 씨가 하라는 대로 실컷 해봤잖습니까! 뭘 또 어떻게 하라고요!" 앞으로의 관계를 고려해 다른 일을 미루면서까지 연일 도와준 방수업자도 인내심이 한계에 다다른 듯했다.

"뭐라고요? 전면 보수요? 아니, 예산이 없으니까 부분 보수를 제안한 닛타 테크에 부탁한 거 아닙니까. 이제 와서 그런 소리 하면……. 하타 씨와 다나베 씨 둘 다 할 수 있다길래 믿은 건데. 공사 전에 신신당부했잖습니까." 모리타 씨는 받아들이지 못하겠다는 듯 고개를 내저으며 말했다.

모리타 씨도 '부분 보수 가능'이라는 우리의 제안에 따라 기계동 보수 문제에 관해 품의서를 올리고, 그 예산으로 결재를 받았을 테니 이제 와서 결론이 뒤집히면 입장이 아주 난처해진다. 비가 올 때마다 사업부에서 거센 항의가 들어온다고 한다. 지금까지는 어찌어찌 넘겨왔지만, "진짜 부탁 좀 드립시다. 힘들어요." 하고 우는소리를 했다.

"……한 번 더 생각해보겠습니다." 입술을 깨물고 그렇게 대답하긴 했지만, 뭔가 방법이 있는 건 아니었다.

후지 창고는 직접 담당했던 사장이 "하타 씨가 한번 해보 겠어요?" 하고 넘겨준 고객이었다. 건물 시설도 많고 정기적으로 공사가 예상되는 '주요 고객'이었다. 정온 창고 보수 계획도 있다. 지금 이 시기에 그런 거래처와 말썽을 빚을 수는 없다. 자칫하면 모리타 씨의 상사가 직접 사장에게 연락할지도 모른다.

"아니, 그러니까 그런 건 안 된대도. 보증 대상이 아니잖 아. 우에무라 부장님 말 못 들었어? 담당자를 설득하든, 업자에게 대응을 맡기든 알아서 해. 네 현장이잖아." 핫토리 과장에게 상의했지만 귓등으로도 듣지 않았다.

"물을 뿌려도 못 알아냈어? 야단났네." 공사과 다케우치 과장은 턱수염을 손끝으로 문지르며 단면 상세도를 살펴보았다. 그리고 턱수염을 손가락으로 잡은 채 고개를 사무실 안쪽으로 돌리더니 "메가 씨에게 물어보는 게 어때?" 하고 남의 일처럼 말했다.

턱으로 가리킨 곳을 보자 메가 씨는 곧추세운 엄지 끝부분을 유심히 들여다보고 있었다.

"메가 씨……." 내가 곁으로 가자 메가 씨는 놀란 듯 고개를 들었지만, 금세 손가락 끝으로 시선을 되돌렸다. "오, 하타 군. 무슨 일이야?" 책상에는 매직펜으로 선을 여러 줄 그은 등산 지도 복사본이 펼쳐져 있었다.

내가 사정을 설명하고 "여기인데요" 하며 도면을 펼치려 하자, 메가 씨는 "어쨌든 현장을 봐야지" 하고 수첩을 펼쳤다. "언제?"

"메가 씨가 시간이 나실 때라면 언제든지 상관없습니다."

메가 씨는 수첩을 넘겼다. 월요일부터 토요일까지 자잘한 글씨로 일정을 빽빽이 적어놓았다. 하지만 일요일 칸에는 시원한 공백에 '산'이라고 딱 한 글자만 적혀 있었다. 그 글자를 보자 가슴속에서 뭔가가 콱 치받쳤다.

조사 당일, 메가 씨는 작은 카키색 배낭을 메고 현장에 왔다. 옥탑에서 지붕으로 올라가서 "기다려" 하고 배낭을 내게 넘긴 후, 건물에 설치한 고정 줄에 허리 안전띠의 고리를 걸고 반원통형 지붕의 곡면을 술술 내려갔다. 메가 씨가 맡긴 배낭은 무거웠다. 속을 들여다보니 물이 담긴 1.5리터짜리 페트병이 두 개 들어 있었다. 메가 씨는 물이 새는 곳 부근을 잠깐 살펴본 후, 지붕에 튀어나온 거대한 통기구 근처로 가서 밑동에 웅크린 채 한동안 가만히 있었다.

지붕 위, 햇빛이 하얗게 반사되는 곡면 끝에서 어른거리는 그 모습을 나는 철제 난간에 둘러싸인 안전 통로에서 바라보았다. 가끔 메가 씨의 움직임에 따라 발치의 고정 줄이 지붕에 쓸리며 움직였다. 메가 씨는 곡예사처럼 지붕을 걸어 다니며 마치 혼자 있는 것처럼 담담히 30분 넘게 조사를 진행했다. 바다에서 불어오는 바람에 작업복이 펄럭였고, 바닷새가 바로 옆을 날아갔다.

"어떤가요?" 얼마 후 모리타 씨가 올라왔다. "저 사람은 공사과?" 하고 내 어깨 너머로 지붕 위의 메가 씨를 보고 물었다.

"아, 방수가 전문이라……." 메가 씨가 영업 담당이라고 말하기는 망설여졌다.

"이야, 그럼 특수부대로군."

"네, 뭐, 그런 셈입니다."

마침내 고정 줄이 팽팽해지며 지붕 위로 떠올랐다. 메가 씨가 고정 줄을 잡아당기며 돌아왔다.

"대강 알았어. 그럼 물을 좀 뿌려볼까?" 메가 씨는 안전띠의 고리를 통로의 난간에 채우며 곁에 있는 모리타 씨에게 "그래도 되죠?"하고 물었다. 인사도 없는 그 태도에 모리타 씨는 눈을 깜빡깜빡하더니 "아, 네, 그럼요"하고 고개를 끄덕였다.

10분 후. 건물 안에서 모리타 씨와 함께 천장을 바라보고 있으니 강철 자재 아래쪽, 검붉게 녹슨 고력 볼트 언저리에 희미하게 얼룩이 보였다. 나는 즉시 메가 씨에게 전화를 걸어 "나왔습니다!"하고 소리쳤다. 지금까지 업자와 몇 번이나 화장실 수도꼭지에 호스를 연결해 물을 뿌렸지만, 원인이 어디 있는지조차 파악하지 못했다. "⋯⋯알았어." 그런데 메가 씨는 고작 3리터의 물로 딱 한 번 만에 알아냈다.

여기서, 이렇게. 메가 씨는 도면 뒷면에 연필로 건물 단면도를 그리고 침수 경로를 모리타 씨와 내게 설명했다. 기계의 진동으로 통기구 접합부의 방수 도막(塗膜)이 벗겨져

나간다고 했다. 거기에 아무리 방수제를 두껍게 바르고 방수 실링을 듬뿍 해도 금방 또 떨어진다. "철물점에서 방수용 철물을 만들어서 물을 막는 방법으로 할까."

돌아오는 차에서 메가 씨는 바로 철물점에 전화를 걸었다. 수첩에 메모한 내용을 보며 강판을 가공할 치수를 전달했다. 시방서와 상세도만 넘겨주겠거니 했는데, 메가 씨는 "내가 할게" 하고 현장도 봐주겠다고 했다. "강판을 나사로 박고 실링을 한 후, 방수재를 씌우고 또 실링을 할까. 뭐, 사흘이면 되겠지. 철물점에 공사의 자세한 내용을 팩스로 보내둘게. 2만 엔만 있으면 충분할 거야. 그리고 기술자가 필요하겠군."

"사흘? 정말 그거면 되는 거야?" 핫토리 과장은 미심쩍어했지만 후지 창고는 주요 고객이라, 그걸로 족하다면 우에무라 부장과 상의해 방수공의 인건비 정도는 지급하겠다고 했다. 그렇게 월요일에 공사를 하기로 결정했다.

나는 메가 씨와 함께 사흘 일정으로 후지 창고 보수에 나섰다.

메가 씨는 지붕 위에 도면 사본을 펼쳐놓고 방수공들과 협의했다. 통로 가장자리에 설치한 흰색과 녹색 줄무늬의 풍향기가 바닷바람을 받고 빵빵하게 부풀었다. 해수면에 반사돼 깨진 유리 조각처럼 반짝이는 햇빛을 등지고, 바람을 피해 가까이 붙어 앉은 메가 씨와 방수공 두 명은 한 덩이의 검은 형체로 보였다.

나는 가끔 코를 훌쩍이고 손등으로 콧물을 닦는 메가 씨의 옆얼굴을 바라보았다. 일요일인 어제, MEGADETH는 고스케 골짜기를 어슬렁거렸다. 뭘 생각하며 메가 씨는 산에, 베리를 하러 가는 걸까.

그날 작업을 마치고 자동차 짐칸에서 솔을 씻는 방수공에게 메가 씨가 "150번은 넓게 펼쳐서 칠해" 하고 내일 작업 공정을 전달했다. 메가 씨는 하나부터 열까지 자신이 담당한 현장처럼 일했지만, 공치사 한 번 하지 않고 그저 작업에 전념하는 모습이었다.

"메가 씨. 그, 사실은 메가 씨의 계정을 우연히 발견해서……."

차를 타고 돌아올 때 나는 충동적으로 자백했다. 내내 켕기는 마음으로 들여다보았던 등산 앱. "응?" 하지만 메가 씨는 무슨 소리인지 바로 못 알아들은 듯 잠시 생각한 후 "아아! 산" 하고 웃었다.

"아, 그 하타고니아가 하타 군이었구나!" 메가 씨는 또 웃었다.

"네. 다몽벨은 다몬 씨고요. 다몬 씨가 발견했는데 그래서……." 엉겁결에 그런 말까지 멋대로 꺼내고 말았다.

"죄송합니다. 하지만 말하면 메가 씨가 기록을 안 올리실 것 같아서요."

"아니, 그런 건 상관없어. 내 계정은 진짜로 기록용이라서. 그런데 이만 지울까 싶긴 했지. 최근에 모르는 사람이 쪽지를 보내서 엄청 화내더라고." 소위 '산을 얕보지 마라 아저씨(위험 등을 무시하고 별 준비 없이 산에 오르는 등산 초심자를 싫어하거나 야단치는 등산 숙련자를 가리킨다)'에게 쪽지가 온다고 한다. 역시 마쓰우라 씨 같은 사람이 있는 법이다.

"계속 오르시는 거군요." 이런 상황에서도. 그런 말을 덧붙이고 싶었지만, 물론 입 밖에 내지는 않았다.

"응? 그렇지." 왜 그러느냐고 묻는 듯한 표정으로 바라보는 메가 씨는 회사의 현재 상황을 어떻게 생각하고 있을까. 회사는 변함없이 분위기가 무거웠고, 불안감에 웅성거리는 직원들은 술집에 자주 모였다. 하지만 아무리 모여서 논의를 거듭한들 아무 해결책도 나오지 않는다. 오히려 서로 불안감을 조장해 위기감을 부추길 뿐이고, 그런 말들을 술안주 삼아 어쩐지 즐기기조차 하는 것처럼 보일 때도 있었다. 나도 이제 그런 모임에는 진저리가 났다.

요 며칠 메가 씨와 창고 지붕에 올라 바닷바람을 맞자, 오랜만에 마음이 상쾌해지는 기분이었다. 호랑이 아가리에서 빠져나왔다는 해방감도 한몫했겠지만, 어쩌면 메가 씨라는 존재 덕분일지도 모른다.

황혼에 녹아드는 해안 고속도로를 타고 서쪽으로 차를 몰았다. 연안의 공업지대는 이미 남색 어둠 속에 가라앉았고, 흰색 불빛이 장식조명처럼 점점이 켜지기 시작했다.

"베리에 데려가주시면 안 될까요?"

속력을 높인 고속버스가 굉음을 내며 우리 차를 추월했다. 나는 바람에 휘말려 흔들리는 차체를 바로잡고 가속페달을 꾹 밟으며 큰맘 먹고 말했다.

"뭐?" 예상치 못한 말이었는지 메가 씨는 잠시 입을 다물었다가 금세 "안 돼, 안 돼, 위험해" 하고 고개를 저었다.

대번에 거절당하자 섣불리 말을 꺼낸 것이 부끄러워졌다. 메가 씨는 바쁜 와중에도 자기 업무를 제쳐놓고 내 문제를 도와주고 있다. 그것만으로도 분에 넘치는데 일도 다 끝내지 않고서 '베리'에 데려가달라고 하다니. "일이나 잘해. 네 담당이잖아!" 하고 고함을 질러도 할 말 없다.

"······내일 일단 변성 실리콘 카트리지를 예비로 몇 개 더 챙길게요."

내가 얼른 화제를 바꾸려 하자 메가 씨는 변명하듯 말했다.

"산은 혼자니까 좋은 거야."

다음 날은 메가 씨와 함께 실리콘 코킹건을 들고 방수공이 우레탄 도막으로 방수한 곳을 살펴보았다. 메가 씨는 이번에 물이 샌 곳 말고도 누수가 걱정되는 곳에 마스킹 테이프를 붙였다. 무늬가 들어간 파란색 테이프. 예전에 봤던 타탄 무늬 테이프였다. 크고 작은 곳을 다 합쳐서 약 서른 군데. 거기에도 실링을 했다.

메가 씨가 지붕 곡면에 서자 안전띠를 건 고정 줄이 팽팽해졌다. 메가 씨는 여전히 전신이 아니라 허리에만 두르는 형태의 안전띠를 사용한다. 물론 노동 안전 위생법 위반이다. 안전띠 고리 두 개를 철컥, 철컥, 바꿔 채우며 메가 씨는 지붕 위를 건너갔다. 묵묵히 작업하는 그 옆얼굴은 차분했다.

"그럼 내일 물을 뿌려서 확인해볼까." 메가 씨는 그렇게 말한 후 창고 건물 위에서 허리를 펴고 바다에 시선을 주었다. "여기, 참 좋군."

안벽 위에 세워진 곡물 사일로. 지상 40미터 높이에 있으니 하역기나 기중기조차 아래에 보일 만큼 시야가 탁 트였

다. 은빛 가루를 뿌려놓은 듯 반짝이는 군청색 바다가 펼쳐
졌다. 창고의 좁은 차양에 앉아 날개를 쉬던 새 두세 마리
가 함께 날아오르자, 여기저기서 새들이 한꺼번에 하늘로
우르르 날아갔다.

"저도 좋아합니다. 이 지붕 위."

내 말에 고정 줄을 잡고 있던 메가 씨는 말없이 웃음을
지었다.

다음 날, 호스를 연결해 메가 씨가 지붕 위에서 물을 뿌
렸다. 나는 모리타 씨와 함께 창고 안에서 천장을 올려다보
았다. 잠시 기다렸지만 누수가 확인되지 않자 "비 오는 날
에 한 번 더 살펴보겠습니다. 하지만 분명 괜찮겠죠" 하고
모리타 씨가 밝은 목소리로 말했다.

"감사합니다. 덕분에 살았네요." 후지 창고 부지에 있는
주차장에서 나는 그렇게 말하며 메가 씨에게 고개를 숙였
다. "하타 군도 참 호들갑스럽기는." 메가 씨는 웃으며 헬멧
을 벗고 아쉬운 듯 바다 쪽을 보았다.

"그럼 한번 가볼래?" 돌아오는 차 안에서 메가 씨가 말했
다. 네? 예상치 못한 제안에 내가 당황하자 "산에 베리를 하
러 갈 거냐고" 하며 메가 씨는 웃었다.

"부, 부탁드립니다!" 나는 거의 달려들 듯한 기세로 대답

했다. 메가 씨의 심경에 어떤 변화가 생긴 걸까, 잠깐이나마 현장에서 함께 일해서 동료의식이 싹튼 걸까. 빈말이 아닌지 메가 씨는 "어디 보자" 하고 수첩을 펼쳤다.

"난 다음 주 목요일에 대체 휴무야. 만약 하타 군도 쉴 수 있다면 그때 어때?"

운전대를 잡고 있어서 일정을 확인할 수는 없었지만, 만사 제쳐놓고 갈 생각이었다. 대체 휴무가 없으면 월차를 낸다. "잘 부탁드립니다." 나는 양손으로 쥔 운전대에 이마가 닿도록 머리를 숙였다.

*

오전 8시. 한신 전철의 미카게역 앞 로터리에서 메가 씨를 기다렸다.

바쁜 평일 아침, 로터리 버스 정류장에서 역으로 사람들이 흘러갔다. 외투 가슴 주머니에서 핸드폰을 꺼내 시간을 확인했다. 오전 8시 5분. 약속 시간이 5분 지났다.

이틀 전, 나는 처음으로 '유급휴가 신청서'를 작성해서 핫토리 과장에게 제출했다. "뭐야, 장례식?" 과장이 입을 반쯤 벌린 채 물었다. 메가 씨와 산에 가기로 했다고 대답할 수는 없어서 "그게 좀" 하고 말을 얼버무렸다. "뭐, 됐어. 권리니까. 하지만 지금은 너무 눈에 띄지 않게 몸을 사리는 편이 좋을 거야." 과장은 그렇게 말하며 도장을 찍어주었다.

배낭을 내리고 도구를 확인했다. 장갑, 헬멧, 잠금장치가 달린 카라비너와 테이프 슬링(테이프처럼 납작하게 생긴 등산용 띠). 그리고 아이젠. 메가 씨가 말한 물건을 전부 준비했다. 어젯밤 이것들을 평소 사용하는 등산 도구와 함께 주방 바닥에 늘어놓고 확인했다. "어, 뭐 해?" 아내가 들여다보길래 베리가 뭔지 간단히 설명하자, 아내도 내가 그랬듯 "어, 뭐야 그게? 그래도 괜찮아?" 하고 반응했다. 그러더니 "아무튼 위험하니까 무리는 하지 마. 조난당해도 안 찾을 거야" 하고 인상을 찌푸렸다.

10분. 시계를 다시 확인한 순간, 로터리 맞은편에 있는 소고기덮밥 체인점의 문이 열리고 메가 씨가 나왔다. 검은색 카고팬츠와 짙은 남색 야케, 위장 무늬가 들어간 배낭과 체스트백. 헬멧과 피켈은 배낭에 달아두었다.

"미안, 미안. 된장국이 너무 뜨거워서 말이야. 어, 그 등산복 괜찮겠어? 좋은 거 아니야?"

메가 씨는 내가 입고 온 북유럽 아웃도어 브랜드 외투를 보고 말했다.

"네, 좀 좋은 겁니다."

더러워지니까 비싼 등산복은 입지 말라고 메가 씨가 사전에 충고했지만, 망설인 끝에 험난한 루트에서 제값을 하기를 바라며 일부러 마음에 드는 진청색 외투를 입고 왔다.

"그렇군" 하고 웃은 메가 씨의 야케는 역시나 대형 마트에서 샀는지, 잘 모르는 로고가 박혀 있었다. 모자 대신 빨간색 땀 흡수 밴드를 이마에 둘렀고, 오늘은 메가 씨도 등산화를 신고 왔다.

"오늘은 니시산 골짜기로 들어가서 덴구 바위로 향할 거야. 거기서 적당히 동쪽으로 나아가다가 아시야(고베시 옆에 있는 도시)로 빠져나가볼까. 이런 식으로." 메가 씨가 핸드폰 화면에 띄운 루트를 보여주었다. 메가 씨가 계획한 루트는 거리가 10킬로미터 정도였다. 당연히 험난한 루트이긴 하겠지만, 하루 산행치고는 짧은 거리라 아무래도 나를 배려해주는 듯했다.

역에서 산어귀까지는 버스로 간다. 나는 메가 씨와 버스 좌석에 나란히 앉아 우즈모리다이로 향했다. 국도 2호선을 좌회전해서 스미요시강. 강을 따라 북쪽으로 올라가며 다리를 몇 개 지나자 산골 풍경이 펼쳐졌다.

"좋군요."

"응. 하지만 역에서 걸어오면 아무래도 시간이 걸리니까."

그렇게 대답하는 메가 씨는 회사에 있을 때보다 훨씬 상식 있는 사람으로 보였다. 버스는 봄이 되면 벚꽃이 예쁘게 핀다는 강 옆 길을 쭉쭉 올라갔다. 신문 보급소를 지나 석재 가게가 보이는 다리를 건너 공원 앞에서 버스를 내렸다.

거기서 산을 향해 U자로 꺾인 가파른 길을 올라갔다. 비탈에 성채처럼 서 있는 맨션이 보였다. 산어귀에 자리한 주택가였다. 높직하고 평평한 곳에 잉어가 헤엄치는 인공 연못이 있었고, 그 너머가 산이었다. 지팡이를 짚은 노인이 내려왔다. 일과로 산책하는 것이리라. "안녕하세요!" 하고 말을 걸길래 인사하고 지나쳐 산으로 들어갔다.

나무숲 속에 멧돼지를 포획하기 위해 설치해둔 거대한 철제 우리가 있었다. 숲속 길을 빠져나가자 또 주택가가 나왔다. 산으로 이어지는 주택가 끄트머리의 길은 적동색 울타리로 막아놨고 '접근하면 위험'하다고 경고하는 안내판까지 옆에 있었지만, 메가 씨는 당연하다는 듯 울타리 틈새로 빠져나가려 했다. "지나가도 됩니까?" 따라가면서 물었다. "응? 괜찮아. 여기는 인기 루트니까."

울타리 너머는 개천가였다. 풀 사이로 난 좁은 길을 나아가자 오른쪽에서 물소리가 들리고, 돌바닥을 흐르는 개천이 보였다. 한동안 개천을 따라서 걷다가 물 위로 튀어나온 돌을 밟고 반대편으로 건너갔다. 빛바랜 풀 속에 무수히 많은 돌이 널려 있었다. 아주 살풍경한 곳이었다.

"여기는 우회할게." 개천가 길이 끊기자 메가 씨는 그렇게 말하고 비탈을 뛰어 올라갔다. 개천은 계곡으로 바뀌었다. 왼쪽에 댐같이 거대한 둑이 보였다. 벽면의 물 빠짐 구멍에서 흘러나온 물이 검은 이끼에 뒤덮인 표면을 굽이지며 기어갔다.

계곡을 막는 둑 안쪽에 모래가 쌓여서 모래톱이 생겼다. 생각 외로 넓은 완만한 모래톱 속에 물웅덩이가 몇 개 보였고, 물웅덩이를 잇는 물줄기도 있었다. 햇빛을 받은 물줄기가 은빛으로 부서지며 둑 가장자리로 흘러들었다.

"자, 장비를 좀 갖출까." 메가 씨는 나무 아래에 배낭을 내려놓은 후 헬멧을 쓰고, 아이젠을 신발에 장착했다. 로프와 장갑을 꺼내고 배낭에서 피켈을 풀어서 땅에 꽂았다.

"메가 씨, 그 피켈 늘 가지고 다니시는군요."

나는 등산화에 아이젠을 장착하며 말했다. 작년 상무의 송별회 산행에도 가져왔고, 산행 기록에 올린 몇몇 사진에도 찍혀 있었다.

"이건 피켈이 아니라 픽스틱. 피켈과 스틱의 하이브리드지. 늘였다 줄였다 할 수 있고, 가벼워서 다루기 편해. 하타군도 곧 그 의미를 알 거야." 메가 씨는 추워서 벌게진 뺨에 주름을 잡으며 웃었다.

바위 사이로 하얀 물줄기가 보였다. 바위로 뛰어올라 물줄기를 건너 풀을 밟으며 계곡 안쪽으로 나아갔다. 산비탈을 통해 둑 몇 개를 '우회'하는 도중에 메가 씨가 저기, 하고 가리키는 쪽을 보자 뭔가 표시해놓은 듯한 빨간 테이프가 눈에 들어왔다. 어떤 곳에는 노란색 검은색 줄무늬 로프를 늘어뜨려놓기도 했다. 역시 동호인이 있고, 여기는 그들이 사용하는 루트다. "하지만 저걸 철석같이 믿으면 위험해. 길은 어디까지나 스스로 판단해야 하는 법이지."

급경사면은 나무줄기나 뿌리, 바위를 붙잡고 올라갔다. 붙잡을 것이 별로 없을 때는 미끄러져 떨어질 것만 같았다. 그런 곳에서는 신발에 장착한 아이젠이 제 몫을 톡톡히 해서 버틸 수 있었다. 비탈을 오를 때 메가 씨는 땅에 꽂은 픽스틱을 손잡이 삼아 재빨리 올라갔다. 맨손인 나보다 거의 두 배는 빨랐다.

경사면에 달라붙어 발을 단단히 디디고 붙잡을 만한 곳

을 찾는다. 그곳을 붙잡고 턱걸이 하듯 몸을 쑥 끌어 올린
다. 그렇게 온몸으로 기다시피 올라간다. 등산이라지만 등
산로 입구로 들어가서 정해진 길을 걷는 것과 달리 클라이
밍에 가까웠다. 급경사면이 계속되자 숨이 차올랐다. 헬멧
밑으로 땀이 흘러나왔고, 외투에도 열기가 차서 나는 참지
못하고 지퍼를 내렸다.

작은 둑을 넘자 갑자기 좁아진 계곡이 산으로 통하는 샛
길처럼 나무들 사이로 어둡게 이어졌다. 안쪽에 표시물 같
은 하얀 물체가 어른어른 흔들리는 것이 보였다.

메가 씨는 물을 첨벙첨벙 튀기며 계곡을 흐르는 물줄기
속으로 들어갔다. 망설여졌지만 나도 따라 발을 들여놓았
다. 등산화를 삼킨 물이 검게 부풀었다가 발을 빼낼 때마다
물방울이 하얗게 튀겼다. "고어텍스 제품이라 복사뼈 정도
깊이라면 물에 젖을 걱정 없습니다." 등산화를 살 때 직원
이 그렇게 설명했지만, 지금까지 시험해볼 기회가 없었다.

계곡물을 따라 나아갔다. 물줄기 끝에 하얗게 부서지듯
떨어지는 작은 폭포가 있었다. 하얀 표시물의 정체는 이것
이었다. 몸집이 작은 메가 씨는 바위를 손으로 잡고 발로
디디며 바위밭을 가뿐가뿐 올라갔다. 나도 죽어라 따라갔
지만, 젖은 바위 위에서는 오금이 저렸다. 메가 씨가 가끔

걱정하듯 돌아보긴 했지만, 나를 기다리지는 않고 시야에서 사라지지 않을 정도로만 앞서 나아갔다.

물줄기 저편에서 물이 떨어지는 소리가 들려오길래 시선을 주자 내 키보다 더 높은 폭포가 있었다. 이건 어떻게 넘어가야 할지 걱정하며 쪼그려 앉은 자세로 올려다보고 있으니, 메가 씨는 물이 떨어지는데도 아랑곳없이 폭포의 바위에 달라붙어 간단하게 올라갔다. 나도 젖지 않기를 포기하고서 메가 씨가 짚은 곳을 똑같이 짚고 올라가자 의외로 손쉽게 폭포를 넘을 수 있었다.

"좋은데요!" 폭포를 넘은 후 나는 흥분해서 메가 씨에게 말했다.

메가 씨가 돌아보고 씩 웃었다. "여기서부터는 더 좋아."

젖어서 빛나는 바위 위에서 균형을 잡듯 양팔을 벌린 메가 씨가 "여기 미끄러우니까 조심해!" 하고 목소리를 높였다. 나는 발을 멈추고 허리를 구부려 바위를 손으로 짚었다. 바위를 덮은 투명한 물의 막 속에서 이끼가 흔들렸다. 장갑을 벗고 손가락으로 만지자 미끈미끈했다. 젖은 이끼로 뒤덮인 바위를 아이젠에 달린 징으로 확인하며 걸음을 옮겼다.

나무뿌리를 잡고 몸을 끌어 올렸다. 나는 메가 씨를 쫓아가면서도 물줄기에 씻기는 바위의 정밀한 생김새에 시선을 빼앗겼다. 끌로 잘라낸 것처럼 예리한 요철 사이에 녹색, 흰색, 노란색의 미세한 무늬가 아로새겨져 있었다. 이 또한 이렇게 물줄기 속을 지나가지 않으면 볼 수 없는 광경이었다. 물을 만지자 하얗게 튀어 올라 뺨에 묻었다. 이것이 베리인가. 나는 물보라를 뒤집어쓰면서 생각했다.

"참 좋네요, 메가 씨!" 기쁜 마음에 나는 또 말을 꺼냈다. 계곡에 들어온 후로 나는 그 말밖에 하지 않았다. 나무줄기를 붙잡아야 겨우 올라갈 수 있는 급경사면, 위험한 바위터. 그래도 적절한 도구를 갖추고 신중하게 행동하면 나 같은 사람도 올라갈 수 있다. 물론 메가 씨와 함께 온 덕분이지만.

작은 폭포를 몇 개 넘어 물줄기 안쪽으로 더 나아가자 서서히 경사가 완만해지더니 약간 평평하게 트인 곳으로 나왔다. 계곡을 둘러싼 비탈에서 키 큰 나무가 하늘로 솟아올랐고, 우거진 나뭇잎이 머리 위를 돔 형태로 덮었다. 녹색들 틈새로 비치는 희미한 햇빛이 주변을 감쌌다. 가끔 지면에서 날카롭게 반짝이는 것은 낙엽 밑으로 지나가는 물줄기였다. 물줄기는 낙엽 아래로 바위들 사이 곳곳에 물을 채우며 주변 여기저기로 퍼져나갔다. 그걸 수원 삼아 부드러운 어린나무가 밝은 빛깔의 잎사귀를 펼쳤다.

계곡의 그런 풍경에 압도당해 나는 어느덧 발을 멈췄다. 메가 씨는 돌아보았다가 아무 말 없이 앞으로 나아갔다.

바위 위에 서서 주변을 둘러보았다. 메가 씨가 물줄기를 따라 계곡 안쪽으로 인도하기는 했지만, 걸음을 얽매는 길은 없었다. 발밑, 머리 위, 앞, 뒤에 정해진 방향은 없었고, 사방이 전부 산이었다. 올라온 쪽도 이미 풀과 나무에 막혀서 통로는 없다. 나는 지금 산속에 있음을 실감했다. 숨을 깊이 들이마셔보았다. 습기를 머금은 맑은 산 공기가 콧구멍을 타고 목구멍 속으로 흘러들었다. 등산로에서는 늘 어디선가 들려오는 등산객의 목소리도 여기서는 들리지 않았다. 들리는 것이라고는 산의 소리뿐이었다.

"좋아, 잠깐 쉬자." 메가 씨가 지면에 픽스틱을 꽂았다. 주변에는 이끼 낀 둥그스름한 바위가 수없이 널려 있었다. 언젠가 벼랑에서 떨어져 골짜기를 구르고 계곡물에 잠겨서 씻긴 끝에 둥그레진 바위들이 이끼에 뒤덮여 산속 풍경에 동화됐다. 그리고 이끼 위에서는 다육식물이 싹을 틔웠고, 거기에 거미가 빛나는 거미줄을 쳤다.

다가가서 핸드폰으로 사진을 찍었지만, 빛줄기 같은 그 가느다란 거미줄은 사진에 담기지 않았다. 몇 번 시도해보았지만 마찬가지였다.

"안 찍히지? 그런 게 많아." 메가 씨가 물통에서 입을 떼고 말했다. 메가 씨가 산행 기록에 몇 장씩 올리는 사진도 직접 본 풍경과 똑같지는 않다는 뜻이다.

일어서서 다시 물줄기 안쪽으로 나아갔다. 깎아지른 듯한 바위밭. 메가 씨는 물이 흐르는 바위에 달라붙어 살짝 파인 곳에 발끝을 디디고 한껏 발돋움했다. 양손으로 나무 줄기를 붙잡고 아이젠으로 흙을 찍으며 경사면을 올랐다. 메가 씨는 어느 바위의 어느 곳이 오르기 쉬운지 숙지한 듯, 올라갈 수 없을 것 같은 곳도 실제로 올라가며 루트를 보여주었다.

물이 세차게 떨어지는 소리. 이윽고 계곡 저편에 물을 사방으로 튀기며 떨어지는 큰 폭포가 나타나자 메가 씨는 그 앞에서 걸음을 멈췄다.

"저게 니시산 대폭포야. 그럼 좀 이르지만 밥을 먹을까."

폭포 맞은편으로 조금 떨어진 곳에 다다미 여섯 장 크기 (약 10제곱미터 크기)의 공간이 있었는데, 버너를 놓기에 딱 알맞게 평평했다. 각자 버너를 꺼내고 코펠에 물을 끓였다. 둘 다 컵라면이었는데, 메가 씨는 뜨거운 물을 부은 후 1분도 지나기 전에 덮개를 젖히고 나무젓가락으로 면을 휘젓더니 호쾌하게 후룩후룩 소리를 내며 먹었다.

그렇게 마시다시피 라면을 다 먹은 후 "이렇게 하면 맛 있어" 하고 배낭에서 찬밥과 식재료가 든 밀폐 용기를 꺼냈다. 남은 컵라면 국물에 찬밥을 말고, 잘게 썬 소시지, 치즈, 된장, 후추를 넣어서 죽을 만들어 먹는다고 했다. 메가 씨는 침을 삼킨 듯 울대뼈를 위아래로 꿀렁거리더니 코펠에 넣은 재료들을 포크로 휘저었다. 죽이 끓으면서 구수한 된장 냄새가 퍼졌다. "맛있어 보이네요." 내가 그렇게 말하자 "아, 먹을래?" 하고 메가 씨가 남은 컵라면 국물로 만든 죽을 코펠 뚜껑에 덜어주려 하길래 "어, 아니요, 괜찮습니다" 하고 허둥지둥 일어나서 용소 쪽으로 도망쳤다.

배를 울리는 소리와 함께 떨어지는 물. 등산로를 벗어난 곳에 이런 폭포가 숨겨져 있다는 사실이 신기했다. 폭포를 올려다보며 물통의 물을 마셨다. 어느 틈엔가 메가 씨가 옆에 쪼그려 앉아 폭포의 물을 물통에 담았다.

"메가 씨. 베리 산행, 최고네요!"

메가 씨는 폭포 물을 마시며 웃음으로 답했다. "여기는 인기 있는 루트니까."

나는 보급식으로 가져온 도넛을 배낭에서 꺼내 메가 씨에게 하나 주었다. "오, 땡큐." 메가 씨는 도넛을 한 입 먹고 물통의 물을 입에 머금었다. 또 한 입 먹은 후 도넛을 조사하듯 들여다보다 또 먹었다. 마음에 든 모양이었다.

나는 메가 씨 옆에 앉아 폭포를 올려다보며 심호흡했다. 어깨에서 힘이 빠지고 머릿속에 텅 빈 공백이 느껴졌다. 문득 회사와 일을 완전히 잊어버리고 있었다는 사실을 깨달았다. 그러나 깨닫는 순간 생각나서 가슴이 답답해졌다. 나는 무심코 말을 꺼냈다.

"우리 회사 어떻게 되는 걸까요……."

말하자마자 후회했다. 메가 씨가 회사의 현재 상황을 어떻게 생각하고 있을지 궁금하기는 했지만, 산에 와서까지 일 이야기를 꺼내면 메가 씨도 싫을 테고 나도 오늘 그런 이야기는 하지 않으리라 다짐하고 왔다.

"그런 이야기는 하지 말자, 하타 군" 하고 껄끄러워하면 금방 그만둘 생각이었는데 메가 씨가 아주 너그러운 말투로 대답했다. "글쎄, 어떻게 될까." 그리고 한 박자 쉰 후에 콧김을 내뿜고 말했다.

"뭐, 어쨌거나 난 내 할 일을 할 뿐이야."

처음으로 들은 메가 씨의 의견에 나는 약간 낙담했다. 자기 할 일을 할 뿐. 그야 확실히 그렇겠지만, 그렇게 나오면 뭐라고 더 이야기를 이어나갈 수가 없다. 불만 어린 내 얼굴은 본체만체, 메가 씨는 남은 도넛을 입에 넣고 "자, 이만 갈까" 하며 이야기를 피하는 것처럼 일어섰다.

대폭포 왼쪽으로 벼랑을 올랐다. 등산복에 떨어진 물보라가 동그랗게 물방울을 이뤄서 또르르 흘러내렸다. "오, 역시 명품은 다르네!" 메가 씨는 올라가면서 그런 농담도 했다.

벼랑 위에서 세차게 떨어지는 폭포를 들여다보았다. 끊임없이 철철 밀려드는 물이 하얗게 부서졌다. 오금이 저려서 나도 모르게 고개를 들었다. "올라올 때는 별로 안 그랬는데, 위에서 보니까 무섭지?" 메가 씨가 뒤에서 슬며시 다가와서 말했다.

골짜기가 깊어질수록 쓰러진 나무와 낙석이 늘어났다. 바위가 골짜기 사이를 메웠고, 부러진 나무들이 얽히고설켜서 앞길을 막았다. 내가 뒤처지든 말든 메가 씨는 앞으로 쭉쭉 나아갔다. 썩어서 하얗게 색이 바래고 줄기만 남은 나무가 여러 겹으로 쌓이고 쌓여서 골짜기 저편이 부옇게 흐려 보였다. 경치라고 할 만한 화사함도 조화로움도 없는 광경이었다. 나무를 쓰러뜨리고 돌을 떨어뜨리는 산의 힘이 고스란히 전해지는 이곳에는 아무도 주의를 기울이지 않는 혼돈이 존재했다. 그 혼돈 속으로 뛰어드는 메가 씨가 보였다. 우스꽝스러울 만큼 쾌활한 모습이었다.

골짜기를 다 오르자 벼를 닮은 길쭉한 풀이 양옆에 우거져서 주변을 뒤덮었다. 내 키를 넘을 만큼 울창한 풀숲에 둘러싸였다. 이제 더는 나아갈 수 없을 듯했다.

"여기서부터는 풀숲을 헤치고 가야 해. 여기를 빠져나가면 골인이야." 메가 씨는 발라클라바를 끌어 올려 얼굴을 가린 후, 픽스틱을 가로로 쳐들고 풀숲에 들어갔다. 그 모습을 보고 어이가 없었지만, 여기를 지나가는 수밖에 없다는 생각에 나도 양팔로 얼굴을 가리고 뒤따랐다.

금세 시야가 칙칙한 황록색 풀숲에 뒤덮여서 아무것도 보이지 않았다. 앞쪽에서 풀숲을 헤치고 나아가는 소리만 들렸다. 나는 뒤처지지 않으려고 풀숲 속에서 발버둥 쳤다. 풀에 눌려 허리를 구부리고 기다시피 나아가자 빛바랜 풀숲 속으로 지나가는 메가 씨의 검은색 등산화가 보였다.

마침내 풀숲 저편, 검게 뻗은 나뭇가지 너머로 하늘을 가르는 인공적인 직선이 보였다. 산 위에 세워진 건물로, 지붕의 파란색 난간이 눈에 들어왔다. 드디어 메가 씨의 위장무늬 배낭이 눈에 띄자, 나는 얼른 따라가서 메가 씨 등 뒤에 숨듯이 풀숲을 나아갔다. 주변에 아무것도 보이지 않았다. 분명 메가 씨도 저 지붕을 지표 삼아서 걸어가는 것이리라. 풀숲을 빠져나오자 조릿대 덤불이 주변에 펼쳐졌고, 그 너머에 흙으로 쌓아 올린 성 같은 시커먼 둑이 보였다.

"다 왔다."

둑을 오르자 포장된 길이 나왔다. 예상치 못한 종료 선언에 나는 어리둥절해서 그저 우두커니 서 있었다. 하지만 서서히 성취감이 솟구쳤다.

"메가 씨! 감사합니다. 힘들었지만 최고였어요!"

나는 배낭에 엉겨 붙은 나뭇잎을 떼어내고 있는 메가 씨에게 악수를 청했다.

"하타 군도 참, 그 정도까지는 아닌데."

메가 씨는 난처한 듯 웃으면서도 악수에 응해 내 손을 살짝 잡았다.

조릿대 덤불이 건물 주위를 둘러싸고 있었다. 물론 거기에 길은 없다. 앱으로 지도를 확인하자, 이 건물은 산속에 세워진 공동주택이었고 거기에 접한 길은 롯코산맥을 동서로 가로지르는 포장길 중 하나였다.

"자, 갈까." 몸을 빙글 돌린 메가 씨가 둑을 내려가서 다시 풀숲으로 들어가려 했다. 어? 아시야로 내려간다길래 포장길로 산등성이를 따라 걷다가 어느 등산로로 들어가서 역까지 내려갈 줄 알았다. 겨우 풀숲을 빠져나와 포장길 위에서 마음을 푹 놓았던 터라, 다시 풀숲으로 돌아간다는 말에 몹시 당황했다. 하지만 그런 내 속마음도 모르고 "또 풀숲을 헤치고 가는 거야" 하며 메가 씨는 서슴없이 풀숲으로 들어갔다.

풀숲으로 돌아갔다. 메가 씨는 뭘 지표 삼아 풀을 헤치고 나아가는 걸까. 지금 걸어가고 있는 곳이 아까 왔던 루트가 맞는지 아닌지도 나는 모른다. 하지만 메가 씨를 따라 걷다 보니, 어느덧 사람이 지나다닌 자국 위로 나아가고 있다는 사실을 알아차렸다. 쓰러진 풀대와 뽑힌 풀뿌리가 풀 아래의 습하고 검은 흙에 짓눌려 있었다.

이윽고 풀숲이 끝나고 사람이 지나다닌 자국도 사라지자 나무들이 머리 위를 뒤덮었고, 한쪽에서 들어 올린 것처럼 비탈지고 낙엽이 쌓인 급경사면이 나왔다. 메가 씨는 낙엽 속으로 발을 들여놓으며 "저기까지 갈까" 하고 픽스틱으로 앞쪽을 가리켰다. 여기를 돌파하자는 것이다.

낙엽을 헤치고 지나간 듯한 흔적이 희미하게 보이기는 했지만, 미끄러지면 한없이 굴러떨어질 만큼 가팔랐다. 기울기가 70도, 아니 그것보다 더 되어 보였다.

"하타 군, 내가 밟은 곳만 밟고 따라와. 다른 곳은 밟으면 안 돼."

발을 내디디니 낙엽 속에 무릎까지 쑥 들어갔다. 발을 뽑아내듯 다리를 들자 검게 젖은 낙엽이 등산화에 덕지덕지 붙어 있었다. 아무리 아이젠을 장착했어도 등산화 밑창에 부엽토가 들러붙으면 미끄러워서 의미가 없다. 메가 씨도 픽스틱을 쭉 늘려서 들고 신중하게 나아갔다.

골짜기를 내려다보았다. 다리가 풀릴 것만 같았다. 날붙이로 베어낸 것처럼 날카롭고 좁은 골짜기 바닥은 어두웠다. 고개를 들어보니 어느새 메가 씨와 거리가 벌어졌다. 앞장선 메가 씨는 낙엽 속으로 슬며시 발을 밀어 넣듯 한 발짝, 한 발짝 조심스레 나아갔다. 경사면에 가까운 손으로 픽스틱을 쥐고, 끝부분을 허공에 띄운 채 흔들었다. 미끄러지면 즉시 경사면에 꽂으려는 자세다.

메가 씨가 이끄는 대로 따라가다 보니, 어느덧 농담으로 넘길 수 없는 곳에 다다랐다. 나는 침을 꿀꺽 삼켰다. 자칫 미끄러지면 그대로 골짜기 바닥, 아니, 그 전에 나무에 걸리겠지만 거기서 어떻게 돌아오나. 그런 생각이 머릿속을 맴돌았다. 움직임이 거의 없는데도 어느새 나는 숨을 심하게 헐떡이고 있었다.

메가 씨는 대담하게도 가끔 낙엽 속에 한 발로 서서 등산화 밑창 아이젠에 덩어리진 부엽토를 픽스틱으로 떼어냈다. 나는 몸놀림이 커지지 않도록 최대한 주의하며 허리를 낮추고 매달리듯 손을 뻗었다. 메가 씨의 발 언저리만 보고 그 발자취를 따라갔다.

갑자기 발 언저리가 밝아져서 올려다보니 머리 위를 뒤덮고 있던 나뭇잎이 없었다. 드디어 급경사면을 빠져나왔다. 나는 험난한 곳임을 알리는 표석처럼 떡 버티고 있는 커다란 바위를 붙잡고 숨을 크게 들이마셨다. 온몸에 구슬땀이 흘렀다. 그때 바위 위에 앉아 있던 메가 씨의 목소리가 들렸다.

"어때, 진짜지, 하타 군?"

진짜? 무슨 뜻인지 이해하지 못해 가만히 있으니 "이 두려움은 진짜지? 진짜 위기야" 하고 메가 씨가 말을 이었다. 묘한 낌새가 느껴지는 목소리라 올려다보니 역광이 비쳐 시커먼 형체로 변한 메가 씨가 희미하게 웃고 있는 것처럼 보였다. 그 위기 속에 스스로 발을 들여놓고는 무슨 농담일까. 의아해하는 내게는 아랑곳없이 메가 씨는 일어서서 "자, 여기서부터는" 하고 바위 뒤쪽으로 돌아가 벼랑을 내려다보았다.

맞은편에서도 가파른 경사면이 뻗어 올라갔고, 여기는 주변 벼랑에서 반도처럼 툭 튀어나와 고립된 곳이었다. 설마 맞은편 경사면을 암벽 등반하듯 오를 리는 없으니까 루트를 잘못 설정한 건 아닐까? 되돌아갈까? 하지만 메가 씨는 당황한 기색 없이 지도를 펼치고 설명했다.

"이 앞에 덴구 바위로 향하는 등산로가 있는데 거기까지 올라가서, 다시 능선을 따라 내려가면 오쓰키지고쿠 골짜기가 나와. 고진산의 북쪽을 넘으면 이시키리 등산로가 가까우니까 일단 거기까지 갈까."

즉 예정대로라는 뜻이다. "여기는 현수 하강이 빠르겠네." 메가 씨가 벼랑을 내려다보며 아무렇지도 않게 말했다. 나는 벼랑을 비스듬히 내려다보고 웃었다.

아래까지 족히 10미터는 된다. 눈으로 쟀으니 확실치는 않겠지만 건물로 따지면 3층 정도 높이의 거의 수직으로 깎아지른 듯한 낭떠러지였다. 설마, 농담이리라. 나는 웃으면서 메가 씨의 얼굴을 보았다.

"하타 군, 현수 하강 해본 적 있어? 8자형 하강기는 하타 군이 사용하고, 난 문터히치(하강기가 없을 때 카라비너에 직접 로프를 매는 매듭 기술)로 갈게." 메가 씨가 배낭에 매달아둔 8자 모양 기구를 빼내서 한 손에 들고, 다른 손에는 카라비너를 들었다.

현수 하강? 말도 안 된다. 잘은 모르지만 그건 암벽 등반 같은 걸 할 때나 필요한 로프 하강 아닌가. 지금까지 그런 걸 해본 적은 없었고, 물론 그런 걸 해야 할 상황에 처한 적도 없었다. 더구나 지금 여기서 속성 강의를 듣고 이런 낭떠러지를 내려가는 건 절대로 사양하고 싶었다. 사람들이 지나다닌 흔적이 있는 루트를 따라왔을 텐데, 어느 틈에 벗어난 걸까. 여기는 막다른 곳 아닌가. 어쨌거나 여기는 내가 나아갈 수 있는 '루트'가 아니다.

"역시 힘들려나." 메가 씨는 혼자 방안을 내놓고 혼자 결론을 내리더니, 일어서서 주변을 돌아다녔다.

"응, 역시 그나마 여기가 낫겠군." 메가 씨는 돌아와서 배낭을 내려놓고 로프를 끄집어냈다. "섣불리 현수 하강을 했다간 위험할 테니 로프를 잡고 천천히 내려가자. 이거, 10미터로 자른 로프니까 절반이면 5미터. 더하기 2 해서 7미터. 뭐, 되겠지."

"2? 더하기 2는 뭡니까? 2는."

"인간이야. 손을 뻗으면 하타 군은 2미터쯤 되잖아? 난 좀 짧지만, 하하하." 메가 씨가 웃음을 터뜨렸다.

산에 들어온 후로, 아니, 반환점을 돈 뒤로, 정확하게는 낙엽이 쌓인 경사면부터일까, 메가 씨는 분명 말이 많아졌다.

"일단 저기 튀어나온 나무뿌리까지 내려가자. 거기서부터는 경사가 심하지 않으니까 아마 그냥 내려갈 수 있을 거야."

아마, 라는 메가 씨의 표현에 나는 완전히 겁을 먹었다. 부디 농담이길 기대하며 당혹스러운 표정으로 웃었지만, 메가 씨는 나를 무시하고 근처 나무줄기에 로프를 둘러서 재빨리 하강 지점을 만들었다. "내가 먼저 가는 게 낫겠지? 먼저 내려가서 봐줄게."

"어, 메가 씨. 이건 좀. 다른 루트는 없을까요? 위험하지 않겠어요?"

"괜찮대도. 이런 건 실제로 해보면 의외로 쉬운 법이야. 로프만 놓지 않으면 100퍼센트 안전해."

메가 씨는 로프를 가랑이 사이에 두고 서서 골짜기에 등을 돌렸다. 그리고 로프를 세게 당겨보더니 웃으면서 내게 경례하는 자세를 취한 후 내려갔다. 포인트인 나무뿌리까지 어렵지 않게 도착해서 위를 올려다보며 "응, 안정적이야" 하고 손을 들었다. 로프를 놓은 메가 씨는 뛰듯이 경사면을 박차며 골짜기 바닥까지 내려갔다. 마른 계곡에는 하얀 바위뿐이라 검은색 차림새의 메가 씨가 한층 더 눈에 띄었다.

"어이, 하타 군. 준비됐어. 내려와."

메가 씨는 준비가 됐어도 나는 안 됐다. 나는 낭떠러지를 내려다보고 망설였다. 침이 자꾸 꼴깍 넘어갔다. 아무튼 손만 놓지 않으면 떨어질 일은 없다. 로프만 꽉 붙잡고 있으면 된다. 돌이켜보면 니시산 골짜기 쪽 루트를 오를 때 쇠사슬을 붙잡고 바위를 수직으로 올랐다. 그것도 나름 높았다. 올라가느냐 내려가느냐의 차이일 뿐, 동일하다. 아무튼 손과 팔에 힘을 주고 로프만 놓지 않으면······. 스스로를 그렇게 타이르며 로프를 잡고 골짜기에 등을 돌렸다.

"그래, 그래. 천천히. 발만 봐." 메가 씨의 목소리를 등으로 받으며 로프를 주무르듯이 조금씩 낭떠러지를 내려갔다. 로프의 움직임에 따라 머리 위에서 모래와 낙엽이 떨어졌다. 로프 군데군데 매듭을 만들어놔서 손이 미끄러질 걱정이 덜했다.

나무뿌리 위에 내려섰다. 숨이 턱까지 차올라서 바로 나무뿌리에 달라붙었다. 정수리를 비롯해 온몸의 땀구멍에서 땀이 뿜어져 나왔다.

"아, 하타 군? 로프 끄트머리의 매듭을 풀어서 잡아당겨줄래?"

이런 상황에서 그런 걸 시키는 메가 씨에게 짜증이 났다.

하지만, 그렇다, 내가 이대로 내려가면 위쪽 나무에 두른 로프를 회수할 수 없다. 나는 로프 끄트머리를 끌어당기고 복잡한 매듭을 풀기 위해 장갑을 벗었다. 무슨 매듭법을 사용한 건지, 난생처음 보는 그 매듭은 풀기가 쉽지 않았다.

"됐어?" 메가 씨가 밑에서 물었다. 풀렸다. "아, 네!" 로프를 두른 나무는 보이지 않았지만 스치는 나무껍질의 저항을 느끼며 로프를 당겼다. 그러다 갑자기 확 잡아당겨지는 기분이 들더니 낙엽과 로프 뭉치가 머리 위로 떨어졌다. 앗! 나도 모르게 외마디를 질렀다. 로프에 맞는 순간 "던져도 돼" 하고 메가 씨의 목소리가 들렸다. 나는 로프 뭉치를 내팽개치듯 아래로 던졌다.

"아, 하타 군. 이것도 떨어졌어." 메가 씨가 떨어진 장갑을 주워 들고 웃었다. 그리고 내가 있는 쪽으로 장갑을 몇 번 던졌지만 허공에서 팔랑거리다가 금방 떨어졌다. "안 되네." 메가 씨가 장난스러운 투로 말했다.

나는 "돌이 있어. 그래, 거기! 거기에 발을 디뎌" 하고 안내해주는 메가 씨의 말에 따라, 마지막에 외투 가슴께가 바위에 살짝 스치긴 했지만, 용케 골짜기 바닥에 내려섰다.

"드디어 왔군. 자, 여기." 메가 씨에게 장갑을 받으며 벼랑을 올려다보니 튀어나온 위쪽에서 내려다봤을 때만큼 높지 않은 것 같기도 했다.

"우아, 엄청 무서웠다고요!" 나는 억지로 웃음을 지으며 항의할 작정으로 말했지만 "잘했어, 잘했어. 이걸로 길을 질러온 셈이야" 하고 웃는 메가 씨에게 내 마음은 전달되지 않은 듯했다.

바위 천지인 마른 계곡을 걸었다. 하얗게 메마른 암석 사이에 역시 하얘진 나무가 수많이 쓰러져 있었다. 나는 앱으로 지도를 확인했다. 시간을 들여 낙엽 쌓인 경사면과 벼랑을 돌파했지만, 현재 위치를 나타내는 점은 골인 지점인 공동주택에서 동쪽으로 약간 벗어났을 뿐 거의 나아가지 못했다. 물론 내가 짐이 되기 때문이겠지만, 그 얼마 안 되는 거리를 '질러오는' 데 상당한 시간이 걸린다면, 과연 효율적이라 할 수 있을까.

핸드폰을 외투 호주머니에 넣고 하얗게 더러워진 가슴께를 털었다. 하지만 하얀 자국은 털어지지 않았고, 손가락에 침을 묻혀 문질러보았지만 역시 지워지지 않았다. 자세히 보니 외투 겉감이 쓸려서 거스러미처럼 일어났다. 내 옷 중에 제일 좋고 마음에 쏙 드는 진청색 외투. 어쩐지 기분이 축 처졌다.

루트를 확인하고 있는지 메가 씨는 핸드폰을 보면서 계

곡을 걸었다. "여긴가?" 그렇게 말하며 경사면을 올려다보았다. "일단 붙여둘까" 하고 호주머니에서 파란색 체크무늬 마스킹 테이프를 꺼내서 가지 끝에 감았다. 그리고 왔다 갔다 하면서 "아니, 여긴가?" 하고 루트를 찾다가 마침내 "여기네" 하고 멈춰 서서 경사면을 올려다보았다.

메가 씨가 올려다본 곳은 덤불이 빽빽하게 우거져서 도저히 빠져나갈 수 있을 것처럼 보이지 않았다.

"어? 여기요?" 내가 주저하자 "봐봐. 여기는 경사가 완만하잖아?" 하고 핸드폰 화면을 보여주었다. 화면에는 일반적인 지도가 아니라 검붉은 선이 잎맥처럼 뻗어 있어서 얼핏 그로테스크해 보이는 지형도가 떠 있었다. '적색 입체 지도(항공 레이저 측량 데이터를 바탕으로 빨간색 음영을 이용해 지형의 입체감을 표현한 일본의 특수 지도)'라는 이름의 그 지도를 보고 루트를 선택한다고 한다.

메가 씨는 핸드폰을 체스트백에 넣고 휴대용 접이식 톱을 꺼내더니, 헬멧을 벗고 발라클라바를 썼다. "눈 다치지 않게 조심해." 그렇게 말하고 몸으로 눌러서 나뭇가지를 꺾으며 덤불 속으로 들어갔다.

"어, 잠깐만요." 내가 당황하는데도 아랑곳없이 메가 씨는 덤불 속을 쭉쭉 나아갔다. "저기요, 메가 씨!" 어쩔 수 없이 나도 쫓아갔다. 나뭇가지를 밀어내며 울창한 덤불로 발을 들여놓았다. 나뭇가지가 부러지고 튕기는 소리가 들렸다. 버스럭버스럭 몸을 감싸는 덤불 속에서, 메가 씨가 지나간 곳은 '길'이 나지 않을까 싶었지만, 덤불은 메가 씨를 삼킨 후 바로 입을 다물었다. 줄기, 가지, 잎, 거기에 엉킨 덩굴. 그 속에는 가시도 있었다. 가시가 배낭을 지익 긁었고 가지 끄트머리가 등산복을 찔렀다. 팔로 눈을 가리고 고개를 숙인 채 지면의 풀만 보고 올라갔다. 풀에 가려진 바위에 발이 걸려서 넘어질 뻔했다.

"하타 군! 스틱으로 발 언저리를 더듬으면서 와." 메가 씨가 큰 소리로 충고했다. 그런 말은 빨리해야지. 배낭에 손을 뻗었지만 옆쪽 주머니에 꽂아둔 스틱에 손이 닿지 않았다. 하지만 이제 배낭을 내릴 여유는 없다. 팔에 덩굴이 엉켰다. 몸부림치듯 팔을 흔들어 떼어냈다. 훗훗한 열기를 뿜는 덤불과 부대끼고 있으니 이마에서 땀이 흘렀다. 등산복에 가시가 박혔고, 몸을 일으키려 하자 굵은 나뭇가지가 목덜미를 눌렀다. 그걸 손으로 치우자 이번에는 덩굴에 몸이 걸렸다.

"루트 맞습니까! 여기가 맞아요?" 나는 참지 못하고 소리를 질렀다.

"하하하하." 뭐가 우스운지 메가 씨는 웃음을 터뜨렸다. 그 목소리는 덤불에 빨려들 듯 사라졌다.

엉겨 붙는 덩굴을 붙잡고 끊으려고 힘을 주었지만, 쉽게 끊어지지 않았다. 메가 씨가 꺼낸 작은 톱. 그런 도구가 필요하다. 나뭇가지에 찔리고 가시에 긁혀서 배낭이고 등산복이고 흠집투성이가 됐겠지만 확인할 여유도 없었다. 이런 곳에서는 역시 대형 마트에서 판매하는 저렴한 야케를 입어야 한다. 이 혼란, 무질서, 착종은 과연 언제까지 계속될까. 덤불을 헤치며 경사면을 올랐다. 계속 몸부림치느라 지쳐서 내 걸음은 절망적으로 느렸다. 이미 메가 씨의 모습은 보이지 않았고, 덤불을 나아가는 소리도 들리지 않았다.

얼마 후 발아래 풀에서 바위가 고개를 내밀었다. 바위밭이다. 바위를 손으로 짚으며 기어오르자 경사면에 비석처럼 우뚝 선 바위가 보였다. 숨을 몰아쉬며 멈춰 서서 모자를 벗고 올려다보니 그 바위를 등진 채 무릎을 세우고 앉아 있는 메가 씨의 모습이 눈에 들어왔다.

야케를 벗고 기능성 압박 티셔츠 한 장만 걸친 메가 씨는 두 어깨 근육이 불룩했다. 사우나라도 한 것처럼 어깨와 무릎에 얹은 팔에서 김이 피어올랐다.

"죄, 죄송합니다." 간신히 올라온 나는 숨을 헐떡이며 메가 씨 앞에 무릎을 꿇었다.

"하하하. 하타 군, 괜찮아?" 메가 씨는 이를 내보이며 웃었다. "베리는 길이 맞느냐 틀리냐의 문제가 아니야. 갈 수 있느냐 없느냐에 달렸지. 갈 수 있으면 길인 거야."

그렇다면 처음에 보여준 산행 루트도 명확한 루트가 아니라 '대략' 정해놓은 것이고, 역으로 향하는 루트도 이제부터 찾겠다는 뜻인가.

잠시 휴식을 취한 후 얼룩조릿대로 뒤덮인 경사면을 헤치며 올라간 끝에 겨우 덴구 바위로 이어지는 등산로로 나왔다.

나는 수풀에서 기어 나와 쓰러지듯 지면에 푹 엎드렸다. 몸을 웅크린 채 천천히 숨을 쉬었다. "하하하. 하타 군, 엄살이 심하네." 머리 위에서 메가 씨가 웃었다. 가파른 비탈을 기어오르고 길 없는 덤불을 나아가는 건 몸이 피곤한 것 이상으로 정신이 소모되는 일이었다.

고개를 들자 잘 다져진 황토색 길이 뻗어 있었다. 뺨에 묻은 흙을 털고 일어섰다. 메가 씨를 따라 등산로를 걸었다. 오늘 처음 제대로 걸어보는 등산로가 정말 쾌적해서 놀랐다. 공들여 고르고 다진 듯한 지면. 흙이 푹신푹신 부드러워서 이런 길이라면 어디까지고 걸어갈 수 있을 것 같았다. 걷기 위해 정비한 등산로가 얼마나 편한지 통감했다. "잘 정비된 길이 이끄는 대로 편안히 걸어가는 거니까요"라는 마키 씨의 말이 무슨 뜻인지 이해했다.

"쾌적하네요." 나도 모르게 웃음을 흘리며 메가 씨에게 말을 걸었다.

"그러게." 메가 씨도 돌아보고 웃으며 내 말에 동의했다.

등산로를 걸었다. 계속해서 험난한 곳을 뚫고 오느라 긴장됐던 마음이 서서히 풀어져서 겨우 살 것 같았다. 앞서가는 메가 씨도 분명 이 평온함을 느끼고 있을 것이다.

앱으로 지도를 보았다. 덴구 바위 코스. 이대로 내려가면 오늘 아침에 올라왔던 우즈모리다이의 공원으로 나갈 수 있다.

"그럼 오늘은 이쯤 하고 내려갈까?" 나는 메가 씨가 그런 말을 꺼내길 빌었다. 예정보다 조금 이르지만 처음 아닌가. 이만 내려가서 미카게역 앞 카페에서 커피라도 마시며 산 이야기를 하는 것도 좋지 않을까. 나는 애원하는 듯한 기분으로 메가 씨의 등을 바라보았다.

길모퉁이에 놓인 벤치 몇 개가 보였다. '우즈모리다이'라고 적힌 안내판이 서 있었다. 내가 황급히 "오늘은 이만 내려가지 않으실래요?" 하고 말하려는데, 뜻밖에 메가 씨가 벤치로 다가가서 앉았다. 그리고 배낭에서 짙은 남색 야케를 꺼내며 말했다.

"덤불을 뚫고 나갈 때는 역시 이 매끈매끈한 놈이 제일이야."

그렇다면 또 덤불……. 어떻게 하면 메가 씨의 생각을 바꿀 수 있을까. 덤불로 나아가는 걸 포기하게 할 뭔가가 없을까. 하지만 내가 머리를 굴리는 동안에도 메가 씨는 '덤불 뚫기'를 준비했다. "하타 군도 외투를 입는 게 좋겠어. 여기서부터 내리막이기도 하니까."

메가 씨는 휴대용 톱을 꺼내 날을 펼치고 살펴보다가 손가락으로 톱날에 묻은 덤불 부스러기를 떼어낸 후, 입바람을 훅 불었다.

"이거 제품명이 포켓보이야. '손바닥에 사는'이라는 문구로 광고한다나. 하하하, 정말 천재라니까." 메가 씨가 혼자 웃었다.

나는 벤치에서 좀 거리를 둔 채 "저, 저기, 또 덤불인가요? 이쪽에……" 하고 안내판을 가리켰다. 발라클라바를 쓰고 있기에 메가 씨의 표정은 알 수가 없었다. 그러나 내 눈에는 메가 씨가 히죽 웃은 것처럼 보였다.

"선두 타자는 나한테 맡겨." 농담이라도 하듯 메가 씨는 발라클라바에 뭉개진 목소리로 그렇게 말하고 일어서서 벤치 뒤편의 수풀을 헤치고 들어갔다. 나는 허둥지둥 장갑을 끼는 수밖에 없었다.

벤치 뒤편은 산등성이였다. 뾰족하게 솟아오른 지면에는 풀이나 나무가 별로 없어서 한동안 어려움 없이 걸어갔다. 하지만 이윽고 진로가 나무에 삼켜져 침침해졌고, 움푹 꺼진 곳에 마르지 않고 남아 있던 진흙탕이 가끔 함정처럼 나타났다. 여기저기 널브러진 썩은 나무에는 이끼가 끼었고, 암녹색으로 물든 나무줄기의 표피에는 버섯이 비늘처럼 돋아 있었다. 그런 썩은 나무를 다리 삼아 탁한 물이 고인 웅덩이를 건넜다. 잠시 후 좌우에서 덩굴이 뻗어 나왔고, 덩굴이 얽힌 풀과 나무가 앞길을 막았다. 발밑에도 낙엽이 쌓여서 지형을 알 수 없었다. "여기 좁으니까 조심해." 좁은 산등성이 양쪽은 저 아래까지 이어지는 벼랑이었다.

머리 위를 덮을 듯이 키 큰 풀과 가시 달린 가느다란 덩굴이 엉겨 붙고, 파초처럼 큰 잎사귀가 얼굴을 때렸다. 앞을 나아가는 메가 씨는 픽스틱으로 나뭇가지를 밀어내고, 그래도 방해되는 나뭇가지는 휴대용 톱으로 경쾌한 소리를 내며 잘라낸 후 전진했다. 주변에 훈기와 습기가 고인 풀 냄새가 풍겼다. 덩굴에 달린 조그마한 주홍색과 적갈색 열매가 터져서 풋내를 풍기는 즙이 등산복에 묻었다. 엉겨붙는 덩굴을 떼어내며 풀을 헤치자 홀씨가 잔뜩 날아올라 재채기가 나올 정도였다.

"겨울은 벌레가 없어서 베리를 하기에 좋은 계절이야. 따뜻해지면 벌레가 골칫거리거든."

메가 씨는 산책이라도 하듯 태평하게 말하며 나아갔다.

겨울은 좋은 계절인가. 그런데 애당초 이런 산행의 뭐가 재미있는 걸까. 들러붙고 얽혀드는 풀을 치우려 애쓰는 동안 나는 서서히 기분이 침울해졌다. 확실히 작은 폭포들이 이어지는 그 계곡은 좋았다. 등산로에서는 볼 수 없는 경치였다. 내게 그건 귀중한 경험이었다. 하지만 메가 씨 말에 따르면 거기는 인기 루트라고 한다. 그야 그렇겠지. 다들 좋다고 생각하니까 인기를 끄는 것이다. 거기는 좋았다. 아니, 거기라서 좋았다. 그럼 지금 나아가고 있는 여기, 여기는 뭘까. 이 앞에 뭐가 있을까. 니시산 골짜기의 골인 지점에서 다시 풀숲으로 들어가서 낙엽 쌓인 급경사면, 깎아지른 듯한 낭떠러지, 거기서 덤불을 헤치며 오른 험한 비탈. 그리고 기껏 등산로로 나왔는데 또 덤불. 울창한 나무들 사이라 어두침침하고, 볼만한 경치도 없다. 발밑에는 썩어서 쓰러진 나무와 진흙탕. 덤불, 덩굴, 가시. 튕긴 나뭇가지가 눈을 노리고 코끝을 스친다. 회사 산악회 동료와 등산로를 걷고, 조망이 좋은 곳에서 쉬고, 사진을 찍고, 과자를 나누어 먹는 것이 얼마나 건전하고 감사한 일인지 통감했다.

메가 씨는 이 앞에서 뭘 기대하는 걸까. 아무도 발을 들이지 않은 곳을 나아가니까 당연히 길은 험해진다. 필요한 도구와 지식을 갖추고 험난한 곳을 헤쳐나간다는 스릴에서 즐거움을 얻는지도 모르지만, 100대 명산의 정상이나 까다롭기로 유명한 루트를 답파하는 게 아니라 이렇게 낮은 산을 마구잡이로 헤맨들 아무도 알아주지 않고, 그 고난과 가혹함을 이해해주지도 않는다. 누구에게도 칭찬과 인정을 받지 못하고, 순전히 자기만족에 지나지 않는다. 시대가 시대이니만큼 자칫하면 "위험한 짓을 멈춰라", "자연을 망치지 마라", "매너 위반이다" 하고 비판받거나 인터넷에서 조리돌림당할 수도 있다. 그래도 메가 씨를 산으로, 베리로 이끄는 것은 무엇일까.

메가 씨는 휴대용 톱을 칼처럼 휘두르며 묵묵히 덤불 속을 걸었다.

"메가 씨……, 이 안쪽에 뭔가 있습니까?"

메가 씨는 덩굴을 잡아서 뽑으며 "응? 없는데" 하고 아무렇지도 않게 대답했다.

없다. 역시 없다. 그렇게 생각하는 순간 무슨 껍데기 같은 것을 밟고 넘어졌다. "하타 군! 괜찮아?" 메가 씨가 바로 잡아 일으켰지만 넘어진 순간에 오른쪽 발목이 꺾였다. 썩은 나무줄기에서 천천히 다리를 빼내서 확인했다. 꽤 심하게 꺾인 것 같았지만, 신발을 벗고 발을 움직여보아도 다행히 아프지는 않았고, 양말을 내리고 살펴본 발목에도 이상은 없었다. 나는 양말을 올리고 신발을 신은 후 등산복에 묻은 낙엽과 진흙을 털어내며 생각했다. 이런 게 뭐가 즐거울까.

덤불을 빠져나오자 탁 트인 공간이었다. 척추동물의 등을 연상시키는 완만한 능선이 한눈에 들어왔다. 나도 모르게 "아아아!" 하고 목소리가 새어 나왔다. 메가 씨도 한숨 돌리려는 듯 발라클라바를 내리더니 나를 돌아보고 웃음을 지었다.

능선을 피하는 듯 나무들도 별로 없었고, 낙엽 밑에 보이는 하얀 흙은 길인 듯했다. 지금까지 덤불을 뚫고 왔다는 것이 믿기지 않을 만큼 걷기에 쾌적했다. 길옆의 완만한 경사면에 구덩이가 몇 개 보였다. 파낸 것처럼 선명한 색깔의 흙이 노출된 그 구덩이에는 거품이 이는 흙탕물이 고여 있었다.

"멧돼지 목욕터야." 메가 씨가 픽스틱으로 구덩이를 가리켰다.

그 후 능선 경사면을 종종걸음으로 내려간 메가 씨는 쓰러진 나무들 가운데 앉기에 적당한 걸 찾아서 "좋아, 하타 군. 좀 쉬자" 하며 배낭을 내려놓았다.

메가 씨가 배낭에서 버너를 꺼냈다. "커피 타임. 하타 군 것도 있어."

나도 배낭을 내려놓고 나무줄기에 앉자 허리부터 아래쪽이 나무줄기 속으로 가라앉는 느낌이 들었다. 수많은 잎사귀에 부서진 햇빛이 하얀 알갱이로 변해 낙엽 위에 흩어졌다. 바람이 불자 나무들과 함께 빛 알갱이도 흔들렸다. 메가 씨는 나무줄기 위에 버너를 놓고, 물병에 담아 온 폭포수를 코펠에 콸콸 부었다. 버너를 켜고 물을 끓였다. 배낭에서 알루미늄 통을 꺼내 차락차락 흔들더니, "봐" 하고 통속의 원두를 보여주었다. 달콤하고 진한 향이 코를 찔렀다.

"모카마타리(예멘의 바니마타르 지역에서 생산되는 예멘 최고의 커피)야. 나, 커피 좋아하거든. 그리고 좀 짐이 되지만—" 메가 씨는 그렇게 말하며 배낭에서 작은 커피 그라인더를 꺼냈다. 그라인더에 원두를 넣고 손잡이를 펼쳐 즉석에서 원두를 드르륵드르륵 갈았다.

"이게 최고라니까. 아무도 오지 않는 이런 곳에서 커피를 마시며 자연을 독점하는 거지. 이런 사치가 또 있겠어? 나 혼자 누리는 자연. 아, 오늘은 하타 군도 있지만, 하하하."

좌우에서 뻗은 능선이 겹쳐서 하나로 녹아드는 산자락이 우거진 나뭇잎 사이로 희미하게 보였다. 하지만 이걸 감상할 만한 경치라고 하기에는 무리가 있다. 가는 곳에 아무것도 없으면 등산 루트가 생기지 않고, 또한 그 길이 험하면 아무도 오지 않는다.

"어쩐지 굉장하네요……."

"하하하, 그냥 내 방식대로 즐기는 건데 굉장하긴 뭘. 어차피 낮은 산밖에 모르고 말이야. 컵 있어?"

"새삼스럽지만 메가 씨는 왜 베리를 하십니까?"

스테인리스 컵을 내밀면서 물어보았다.

"재미있으니까."

점화 손잡이를 돌려서 버너를 껐다. 가스 분사가 멈추자 고요함에 이어 산이 내는 소리가 들려왔다. 나무들이 흔들리고 나뭇잎이 웅성거렸다. 안쪽에 기포가 맺힌 코펠에서 김이 피어올랐다. 컵을 늘어놓고 드리퍼를 위에 얹었다. 메가 씨가 지퍼백에서 꺼낸 필터를 몇 번 비벼서 겨우 펼쳤다. 손가락으로 통을 탁, 탁, 탁, 탁 두드리며 원두 가루를 필터에 붓고 평평하게 고른 후, 코펠의 뜨거운 물을 조금씩 솜씨 좋게 부었다. 거품이 부풀면서 달콤한 향기가 풍겼다.

"좋군요."

"그렇지? 최고라니까."

자잘한 거품이 보글보글 일었고, 휘돌아 올라간 김이 나무들 사이로 사라졌다. 건네받은 컵을 들여다보자 빨간색에 가까운 호박색 커피가 흔들렸다. 한 모금 마시고 숨을 내쉬었다.

"맛있어요, 메가 씨!"

메가 씨도 컵에서 입을 떼고 웃음을 지었다.

"인기 있는 루트의 그런 계곡도 좋지만, 역시 이런 곳이 베리의 묘미 아니겠어? 아무것도 없지만 그래서 아무도 오지 않아. 뭐, 있다고 한다면 이거, 아무도 없는 이 공간이겠지. 여기서 커피를 딱 마시면, 끝내주잖아."

반대였다. 뭔가 특별한 풍경을 찾아서 등산로를 벗어나 험난한 곳으로 들어가는 줄 알았는데, 그게 아니라 아무도 없는 곳에 가려고 등산로를 벗어났다. 그렇듯 메가 씨는 매주 주말에 산속 덤불을 헤치고 들어가서 회사도, 일도, 어쩌면 가족 문제도 잊어버린 채 홀로 커피를 마시는 것이다.

이것이 메가 씨의 낙이다. 확실히 이런 주말도 좋을지 모르겠다. 메가 씨처럼 익숙해지면 그런 덤불도, 어쩌면 그렇게 어렵지 않게 지나갈 수 있을지 모른다.

문득 혀에 원두 가루가 느껴져서 손가락으로 꺼냈다. 아니, 오늘은 주말이 아니다. 평일이다. 나는 월차를 내고 산에 왔다. 그렇게 생각하자 갑자기 가슴이 답답해졌다. 우리가 평일 한낮에 등산로를 벗어난 산속에서 커피를 마시는 사이에도 현장은 돌아가고, 핫토리 과장과 구리키는 어빈의 사무실에서 접이사다리에 올라 전구를 교환하고 있을지도 모른다. 메가 씨는 대체 휴무, 나는 월차. 즉, 이건 회사의 제도 속에서 하는 일이지, 그 틀 밖에서 벌이는 일이 아니다. 까놓고 말해 이 순간에도 우리에게 오늘분의 급여가 지급되고 있는 셈이다. 급여를 지급하는 회사는 위기에 처해 인원 감축을 검토 중이고, 그러기 위해 개인 면담도 시작됐다. 내가 감축 대상이 아니라는 보장은 없다. 그걸, 그런 사실을 메가 씨는 정말로 잊어버렸을까. "내 할 일을 할 뿐이야." 그런 진부한 대답이 메가 씨의 진심일까.

"메가 씨, 면담은 끝났습니까?" 이럴 때 이런 곳에서, 정말 분위기 깬다고 생각하면서도 말을 안 꺼낼 수 없었다.

"아아, 뭔가 하고 있지. 난 아직이야." 메가 씨는 언짢아하는 기색 하나 없이 대답했다.

"저도 아직이에요……. 이런 곳에서 또 일 이야기를 꺼내려니 죄송합니다만…… 상무님이 그만두셨고, 어빈이니 뭐니 하면서 회사도 여러모로 달라졌잖아요. 뭐랄까, 우리 회사 좀 위험한 것 아닐까요? 회사 내부에서도 다양한 이야기가 나오고 있는데요."

그런 와중에도 변함없이 멋대로 재료를 반출해 독단으로 고객에게 대응하잖아요. 그렇게 막 나가면서 본인은 무관하다는 듯 매주 산에 오르다니 메가 씨는 불안하지도 않습니까? 실은 그런 말까지 몽땅 내뱉고 싶었지만, 물론 그렇게 말할 수는 없으니 이야기를 틀었다.

"사장님도 툭하면 스미 씨랑 나가시잖아요. 부장님과 과장님도 사장님과 제대로 이야기를 못 나누는 것 아닐까요? 고니시를 비롯해서 몇몇 사람도 여유가 없어졌다고요."

"확실히 갈피를 못 잡고 헤매는 중이지." 메가 씨는 고개를 끄덕이고 커피를 한 모금 마셨다. "응, 내 생각에는 역시 작은 거래처도 남겨놓는 편이 좋을 것 같아. 후지키 상무님이 지금까지 시간을 들여가며 애써 개척한 고객이잖아. 어빈도 좋지만, 결국 하도급이야. 언제 저쪽 사정에 맞춰 잘라낼지 모르지. 그래서 말인데 실은 나, 지금까지 일을 맡겨준 고객과 관계를 유지하기 위해 몰래 움직이고 있어."

"어, 메가 씨, 그거 들켰습니다……."

"아, 그래? 하하하, 그럼 당당히 할까."메가 씨는 몸을 뒤로 젖히며 웃었다.

"너무 멋대로 그러는 건 위험해요. 지금은……."혹시나 언짢아할까 봐 웃으면서 말하긴 했지만, 그래도 문제를 짚는 어조였다.

"그래? 하지만 난 내 할 일을 할 뿐인걸."

"아니, 그렇게 쉽게 말해도……."역시 완곡한 표현으로는 메가 씨에게 전달되지 않는다. 나는 컵을 양손으로 쥐고 잠시 입을 다물었다.

"결국 모르잖아."메가 씨가 갑자기 입을 열었다.

"모르다니, 뭘요?"

"앞으로 어떻게 될지. 다들 모여서 떠들고, 한없이 논의해본들 실제로 어떻게 될지는 몰라."

과연 어떨까. 알 수 없을까. 어빈의 실적은 확실히 악화됐다. 실적이 개선될 전망이 없으면 공사 발주는 보류된 채 앞으로 있을 보수 계획도 동결된다. 그러면 우리 회사는 숨통이 끊어질지도 모른다. 물론 확정된 건 아니지만, 이미 예측을 뛰어넘는 위기가 찾아왔다고 상정해야 하지 않을까.

하지만, 하고 내가 말을 꺼내기 전에 메가 씨가 또 입을 열었다.

"그런데 하타 군, 그건 진짜였지? 그건 정말 무서웠어."

무슨 소리인지 바로는 알아듣지 못했다. 진짜. 아까 낙엽 쌓인 경사면을 고생 끝에 빠져나와서 바위를 붙잡고 쉬고 있을 때 바위 위에서 메가 씨가 내게 한 말이었다.

"그건 진짜였잖아? 진정한 위기는 그런 거지."

"그때는 정말 무서웠습니다."

"회사가 어떻게 되느냐느니 마느냐느니, 그런 공포나 불안감은 스스로 만들어내는 거야. 그게 증폭되어 전염되는 거고. 지금 회사 사람들 모두 좀 이상해졌잖아. 하지만 그건 예측이나 이미지랄까, 불안감의 '감'에 해당해. 진짜가 아니야. 허상이지. 그러니까 실제로 하는 수밖에 없어."

그때 그 말은 이런 뜻이었던 건가. 메가 씨는 산행 중에 그런 생각을 했던 건가. 역시 이 사람은 조금 이상한지도 모른다.

"뭐랄까, 베리를 하고 있으면 오만 생각이 들어. 확실한 것, 틀림없는 것은 손으로 붙잡고 발을 디뎌야 하는 눈앞의 절벽뿐이지. 거기에 어떻게 대처할 것이냐는 문제는 진짜야. 어떻게 자기 몸을 지키고, 어떻게 빠져나갈 것인가. 이렇게 낮은 산에서도 자칫 판단을 잘못하면 진짜로 죽거든. 의미라는 둥 느낌이라는 둥 그렇게 애매모호한 게 아니라고. 그러니까 아무튼 실체와 맞붙어서 해보는 수밖에 없어."

나는 과연 메가 씨의 말을 절반이라도 이해했을까. 산행에 비유해서 그런지 내게는 뜬구름 잡는 듯한 소리로밖에 들리지 않았다.

"저기, 죄송한데 이야기를 되돌릴게요. 회사의 매출이나 수주 상황도 숫자로 나오잖아요. 그것도 진짜 아닙니까? 숫자를 바탕으로 예측하고 대책을 세워서 제대로 손을 써야 하는 거잖아요."

"뭐, 그건 그렇지만 직원들끼리 모여서 웅성거리고 발버둥 칠 일은 아니지."

내 마음속에서 단단한 뭔가가 세게 부딪쳐오는 소리가 났다. 메가 씨는 너무 침착하다. 하지만 나는 그럴 수 없다. 여차하면 또 어떻게 처신할지 고민해야 한다. 난 입사한 지도 얼마 안 되었고, 눈에 확 띄게 실적을 올리지도 못했으니 인원 감축 대상이 될 가능성은 충분하다. 그렇게 되지 않기 위해 나는 발버둥 치듯 고니시의 모임에도, 핫토리 과장의 모임에도, 공사과 모임에도 얼굴을 내비쳤다. 애당초 산악회에 가입한 것도 이전 직장에서 했던 행동을 '반성'했기 때문이다. 그날 점심시간, 어두침침한 술집에서 겪었던 일이 지금도 꿈에 나와서 식은땀을 흘리며 한밤중에 깨어난다. 직장을 옮긴 지 3년 남짓, 딸이 태어나고 이사도 해서 겨우 생활이 안정됐다. 그 생활이 또 흔들려서 가족을 불안에 빠뜨리고 싶지는 않았다.

"다 함께 위험하다고 수군대기보다 좀 더 현실이랄까, 진짜 위기와 맞서야지."

'그럼 메가 씨는! 맞서고 있습니까!' 그렇게 따지고 싶은 마음을, 입술을 깨물고 간신히 억눌렀다. 그런데 문득 어떤 의심이 피어올랐다.

모르는 것 아닐까? 어쩌면 이 사람은 인원을 정리한다는 이야기 자체를 모르는 것 아닐까? 상반기를 반성한다는 명목으로 개인 면담을 실시하겠다는 방침이 영업 회의 때 전달됐다. 인원을 정리하겠다는 진짜 목적을 공공연하게 드러내지는 않는다. 그건 어디까지나 모임에 참석한 직원들 사이에서 나온 이야기지만, 틀림없는 사실이다. 나는 컵 가장자리에 입술을 댄 채 생각했다. 입안에 모카마타리의 쓸쓸한 맛이 스며들었다.

메가 씨는 남은 커피를 후루룩 들이켜고, 컵을 홱홱 턴
후 일어섰다.

"자, 갈까."

메가 씨를 따라 능선을 내려갔다. 능선을 따라 맨땅도 보
이고, 자연적인 길이 나 있어서 등산로로 착각할 만큼 걷기
편했다.

"산속을 혼자 걸으면—"배낭을 흔들며 앞서가던 메가
씨가 입을 열었다.

"—느껴지지. 절벽이나 경사면을 기어오른 후에는 온몸
이 뜨거워지고 감정이 북받쳐. 떨어지면 죽을 법한 위험한
곳이라면 특히. 그리고 그 후에 누구와도 만나지 않고 덤덤
히, 이런 길을 쭉 걸으면 들리는 거라곤 산이 내는 소리뿐
이야. 거기에 내 숨소리와 발소리가 더해지고. 그 소리들이
섞이면서 어쩐지 정신이 아득해지고 멍해져. 그러면 느껴
지지. 산과 나의 경계가 사라지고 전부 녹아들어 하나가 되
는 감각이. 그 무엇도 아닌 나 자신으로서 충족되는 느낌이
드는 거야."

나는 메가 씨가 무슨 말을 하는 건지 이해가 안 됐다.

"재미있네요. 그런 것도."조금 귀찮아져서 대충 대답
했다.

"그러니까 역시 이건 베리가 아니야."

"네?" 한순간 머리가 싸늘해졌다가 바로 뜨거워지는 기분이었다. 베리가 아니다.

"베리는 역시 혼자여야지. 혼자가 아니면 느낄 수 없어."

나는 아무 대답도 하지 않고 묵묵히 걸었다. 위화감, 응어리, 꺼끌꺼끌한 반감을 뱃속 깊이 느끼며 걸었다. 내가 베리를 모른다면, 메가 씨는 회사의 실태를 모른다. 제일 위험한 건 메가. 메가 씨는 자신이 지금 그런 상황에 처한 줄도 모르고, 아니, 알려고 하지 않고 온종일 산에서 논다. 스스로 위험한 곳에 들어가서 '진짜 위기'라고 평하고, 산을 걸으며 묘한 감각에 젖는다. 실제로 그것이 메가 씨가 느끼는 바이기는 하겠지만, 메가 씨도 결국 산에서 내려와야 하고, 산에서 내려오면 사람 사는 데가 있다. 사람 사는 데가 있고, 집이 있고, 일이 있고, 생활이 있다. 결국 메가 씨도 거기서 달아날 수는 없다.

"불안하지는 않으세요?"

"응? 그야 불안하긴 하지만, 그건 그것대로 괜찮지 않으려나."

능선이 끊기고 길이 사라졌다. 메가 씨는 "좀 보고 올게" 하며 맞닥뜨린 풀숲을 빙 둘러 뒤쪽 경사면을 내려갔다. 아래쪽에서 희미하게 물소리가 들려왔다. 살펴보니 경사면 끝의 덤불 안쪽에 하얗게 반짝이는 물줄기가 보였다. "갈 수 있겠어, 가자!" 나무줄기를 붙잡고 경사면에 서 있던 메가 씨가 손을 쳐들며 웃었다.

　오후 2시가 지났다. 골짜기 바닥의 바위밭을 걸었다. 메가 씨는 핸드폰으로 적색 입체 지도를 들여다보는 듯했다. 어쨌거나 또 경사면을 다시 올라가야 하리라. "어디 보자." 메가 씨는 가끔 경사면을 2, 3미터 기어올라 픽스틱으로 덤불 속을 더듬었다. 몇 번 그렇게 올라갔다가 "안 돼. 미끄러져" 하고 와르르 흘러내리는 자갈과 함께 내려왔다. 그리고 핸드폰 화면을 노려보며 왔던 길을 되돌아가 또 경사면에 들러붙었다. 몇 군데를 시험해본 후 "음, 여긴가" 하고 메가 씨가 올려다본 곳은 색이 허옇게 바랜 암석이 섞인 경사면이었다. 메가 씨는 손이 닿지 않는 나무뿌리에 추가 달린 로프를 던져서 고정했다.

　"아 참, 여기서는 하타 군이 이걸 사용해." 메가 씨가 로프를 당기며 픽스틱을 내게 내밀었다. 메가 씨는요? 하고 묻는데, 어느 틈엔가 큼지막한 일자 드라이버를 들고 있었다. "난 이거. 베리꾼들이 애용하는 아이템이지." 메가 씨는 웃으면서 그렇게 말한 후, 로프를 잡고 경사면에 달라붙었다. 오른발로 푹 팬 곳을 디디고 왼쪽 무릎을 나무뿌리에 걸치더니, 로프를 팽팽하게 당기며 멀리 투척하듯 팔을 휘둘러 드라이버를 경사면에 꽂았다. "푸석 바위가 있으니까 조심해. 풍화된 화강암은 겉으로는 멀쩡해 보여도 부서져."

메가 씨는 확인하듯 조심스레 손을 짚으며 올라갔다. 나도 뒤따라갔다. 픽스틱을 휘둘러 경사면에 꽂았다. 깊이 박히면 몸을 맡겨도 될 만큼 안정감이 있었다. 확실히 이게 있으면 급경사면도 나아갈 수 있다. 메가 씨 말처럼 바위 중에는 붙잡으면 툭 떨어져 나오는 것도 있었다. 떨어져 나온 조각은 손안에서 부슬부슬 부서졌다. 이것이 푸석 바위로, 무심코 이런 바위를 잡으면 힘을 준 순간 부서져서 굴러떨어질 위험이 있다. 바위를 확인하면서 붙잡거나 피하고, 픽스틱을 경사면의 바위와 나무뿌리에 걸거나 흙에 꽂으며 올라갔다.

화강암이 풍화되지만 않았다면 풀과 나무가 많이 없는 이런 경사면은 픽스틱을 활용해 훨씬 대담하게 올라갈 수 있으리라. 앞서 나아가는 메가 씨는 일자 드라이버를 들고, 붙잡거나 짚을 곳을 신중하게 찾으며 올라갔다. 20분쯤 그렇게 경사면에 달라붙어 있었지만 별로 진척이 없었다. 바람이 몰아치는 골짜기는 추웠다. 땀이 스며든 속옷이 차가워져서 몸이 식었다. 나는 발판이 될 만한 나무 밑동으로 이동해 배낭에서 외투를 꺼내 입었다.

눈부신 석양이 상록수 잎 위를 어른어른 스치자, 바위의 윤곽과 지면의 요철이 음영과 더불어 선명하게 부각됐다. 그림자가 길게 뻗으며 산의 빛깔이 바뀌었고, 산새가 길게 울었다. 그래도 메가 씨는 초조해하는 낌새 없이 어디까지나 신중하게 경사면을 올랐다. 나는 그런 메가 씨가 조금 짜증 났다.

앞서간 흔적을 따라가는 만큼 경사면을 더듬더듬하며 올라가는 메가 씨를 금방 따라잡았다. 나는 메가 씨 밑에서 기다리다가 문득 옆으로 빠져나와 메가 씨 옆에 섰다.

"제가 먼저 갈까요? 이것도 빌려주셨으니까요."

메가 씨가 약간 놀란 표정으로 내 얼굴을 보았다. "그래? 그럼 해볼래? 조심해서—" 말이 끝나기도 전에 나는 픽스틱을 쳐들어 경사면을 내려찍었다. 부서진 흙과 잔돌이 헬멧에 떨어져서 타닥타닥 소리가 났다. 나는 그걸 털어내지도 않고 경사면을 파내듯 픽스틱을 휘두르며 올라갔다.

"하타 군, 서두르면 안 돼! 신중하게—" 밑에서 들리는 메가 씨의 목소리에 "네" 하고 대답은 했지만, 나는 아랑곳없이 픽스틱을 쳐들고 걸음을 서둘렀다. 뱃속 깊은 곳에서 뭔가가 세차게 튀어 올랐다. "이건 베리가 아니야." 아무것도 모르지 않느냐는 말을 들은 듯한 기분이었다. 힘을 주어 픽스틱을 경사면에 꽂았다. 온몸이 화끈거리고 머리끝까지 열이 올랐다. 헬멧 밑으로 땀이 흘렀고, 떨어져 내린 모래가 뺨과 눈꼬리에 들러붙었다.

경사면 저편에 굵은 나무 그루터기가 보였다. 나는 거기에 걸터앉았다. 골짜기를 등지고 경사면에 기대어 숨을 내쉰 후, 헬멧을 벗고 이마를 닦았다. "하타 군, 완전히 베리꾼이 다 됐네!" 메가 씨의 목소리가 아래쪽에서 들렸다.

"이거 좋네요! 사용—" 그 순간 눈앞이 흔들리고 뭔가 터지는 듯한 소리와 함께 하얀 연기가 피어올랐다. 흙과 모래가 흘러내렸고 몸이 허공에 떴다. 그리고 타는 듯한 열기가 가슴에 느껴진 직후, 확 당겨지는 충격과 함께 눈앞에 나무 줄기가 보이길래 일단 거기에 매달렸다. 배낭에 담긴 물건들이 제각기 떨어지는 모습이 보였다. 분실 방지 끈을 매어둔 픽스틱이 발치에서 흔들렸다.

"하타 군! 하타 군!" 이번에는 메가 씨의 목소리가 위에서 들렸다. 금방은 목소리가 나오지 않았다. 잠시 후 내가 경사면에서 미끄러져 떨어지다 나무에 걸렸다는 사실을 이해했다. 떨어지는 도중에 메가 씨가 얼핏 보인 것 같았다. 다행히 서로 좀 떨어진 위치에 있었는지라 메가 씨는 사고에 휘말리지 않았다.

"괜찮아?" 메가 씨가 위에서 거듭 소리쳤다.

"아, 네!" 나는 겨우 대답한 후, 나무줄기를 붙잡은 채 몸에 이상이 없는지 확인했다. 외투는 가슴 언저리부터 크게 찢어졌지만, 몸은 아프지 않았고 불편함이 느껴지지도 않았다. 다친 곳도 없는 듯했다. 너무 우쭐댔다. 내가 걸터앉은 나무 그루터기 부근이 전부 푸석 바위로 변해 미끄러지기 쉬운 곳이었던 것이다.

"다친 곳은? 움직일 수 있겠어?" 일자 드라이버를 든 메가 씨가 자리를 지킨 채 큰 소리로 상황을 확인했다.

"다치지는 않았습니다! 올라갈게요." 대답은 그렇게 했지만 나는 지름이 5센티미터쯤 되는 가느다란 나무줄기를 붙잡고서 간신히 몸을 지탱하는 상태였다. 나뭇가지를 치우고 고개를 쳐들자 반쯤 썩은 노목이 한 그루 보였는데, 거기서부터 어떻게 해야 할지 난감했다. 왼쪽은 빽빽하게 얽힌 나뭇가지로 막혀서 돌파하기가 불가능해 보였다. 오른쪽은 잔모래가 섞여 흰빛이 도는 경사면으로, 3미터쯤 떨어진 곳에 구불거리는 뱀처럼 휘어진 녹색 나무줄기가 있었지만, 아무리 손을 뻗어도 거기 닿을 것 같지는 않았다.

움직일 수 없다. 여기서 골짜기 바닥까지 20미터는 되어 보였다. 이 눈대중은 정확할까. 아니, 지금 중요한 건 그런 수치가 아니다. 나는 완전히 겁에 질렸다. 생명의 위기를 느꼈다. 만약 지금 있는 데가 무너지면 골짜기 바닥까지 추락한다고 생각하자 허공에 붕 떴던 감각이 되살아나서 몸이 뻣뻣하게 굳었다. 이 높이에서 떨어지면 그저 뼈가 부러지는 정도로 그치지 않는다. 다리가 말도 안 되는 방향으로 꺾이거나, 부러진 뼈가 살을 뚫고 나올 것이다. 벌어진 상처에서 뿜어져 나오는 피와 함께 나 자신의 하얀 뼈를 보게 될까. 온몸이 뜨겁게 달아오르면서 정신이 어수선해졌고 마비된 것처럼 감각이 둔해졌다. 설마 그렇게. 두 다리가 이상한 방향으로 꺾인 채 피 웅덩이 속에 쓰러진 나. 그런 처참한 광경이 떠올랐다. 목이 바싹 타고 다리가 떨렸다. 피부가 마르고 온몸의 모공이 열리는 걸 알 수 있었다.

"하타 군! 움직일 수 있어? 올라올 수 있을 것 같아?" 메가 씨가 계속 소리치고 있다는 걸 겨우 알아차렸다. "안 되겠습니다. 너무 위험해요!" 메마른 입안에 들러붙는 혀를 떼어내며 외쳤다. "위험하다고요!"

진짜지? 진짜 위기지? 갑자기 메가 씨가 했던 말이 떠올랐다. 설마 지금 메가 씨가 그런 소리를 하지는 않겠지만, 이것이야말로 진짜 위기다. 나는 나무줄기에 달라붙어 떨면서 어리석은 행동에 나섰던 나 자신을 새삼 원망했다.

이건, 이런 짓은 결국 여가 생활이다. 회사에 휴가를 내고 산에 놀러 왔다. 그런데 자청해서 위험한 곳에 들어왔다가 크게 다치기라도 하면 핫토리 과장은 위로는 고사하고 "아주 잘하는 짓이다!" 하고 불호령을 내릴 것이다. 아니, 지금 그런 건 아무래도 상관없다. 지금 눈앞에 닥친 위기가 문제다. 이 위기, 왜 이렇게 된 걸까. 짜증이 났다. 반발심이 들었다. 앞서가는 메가 씨가 느렸다. 벌레가 기어가듯 느렸다. 몸이 식었다. 외투를 입었다. 그리고……. 다행히 다치지는 않았지만 진청색 외투는 완전히 못 쓰게 됐다. 아니, 그러니까 지금 그런 건 아무래도 상관없다. 혼란스러운 나머지 생각을 종잡을 수가 없었다. 온갖 이미지와 소리가 난무했다. 무전기 소리. 수많은 사람의 목소리. 들것. 수술. 휴직―. "이게 무슨 꼴이야!" 소리치는 아내. 병실 창문.

위쪽에서 금속이 쨀랑거리는 소리와 섬유를 비비는 듯한 소리가 났다. 잠시 후 근처에 축 늘어뜨려진 로프가 흐늘흐늘 불규칙하게 흔들리는가 싶더니 메가 씨가 미끄러지듯 내려왔다. "좋아, 이제 괜찮아."

메가 씨는 아랫배의 카라비너에 연결한 8자형 하강기에 로프를 묶어서 고정하고, 남은 로프를 나무줄기에 동여맸다. "꽉 쥐고 있으면 안전해." 메가 씨는 노려보듯 내게 시선을 주며 고개를 끄덕이더니, 로프 끄트머리를 내게 던져주었다.

망설일 여유는 없었다. 나는 로프를 팔꿈치에 둘둘 감아 잡고 펄쩍 뛰었다. 몸이 미끄러져 떨어졌지만, 발버둥 치듯 경사면을 발로 박차며 간신히 나무줄기에 달라붙었다. "나이스, 나이스! 하타 군!" 메가 씨가 내 등을 몇 번이고 두드렸다. 나는 바들바들 떨면서 고개를 끄덕이고 겨우 숨을 들이마셨다. 숨 쉬는 것도 잊어버렸을 정도였다.

거기서부터는 메가 씨가 먼저 올라가서 확보 지점을 만들고 로프를 내려주면 내가 그걸 잡고 올라가는 방식을 사용했다. 그렇게 품이 많이 드는 짓을 수없이 반복한 끝에 겨우 경사면에서 기어 나올 수 있었다.

"작살이 났네."

내가 위를 보고 누워 있으니 메가 씨가 쪼그려 앉아 찢어진 외투를 살펴보며 웃었다. "이런 건 얼마나 해?" 내 진청색 외투는 가슴부터 배까지 쭉 찢어져서 회색 충전재가 튀어나왔다. 배낭에서 골짜기로 떨어진 물건은 스틱, 보조 배터리, 호루라기, 보급식, 나머지는 모르겠다. 메가 씨가 있어서 살았다. 만약 혼자였다면 가느다란 나무줄기를 끌어안은 채 오도 가도 못하고 있다가, 서서히 지는 해를 보고 마음이 조급해져서, 억지로 용기를 쥐어짜 멀리 떨어진 나무로 점프하려다 골짜기로 추락했으리라. 중상, 아니, 이런 곳이니 발견되지 못해 죽었으리라.

"시간이 좀 오버됐네. 자, 가자."

나는 천천히 몸을 일으켰다. 메가 씨도 일어서서 완만한 경사면을 올라갔다. 그 위는 포장된 좁은 길이었다. 길을 건너 반대편으로 내려가자 등산로가 나왔다. 아까 그런 일이 있었던 만큼 메가 씨도 여기서부터는 등산로를 선택하려는 듯했다. 나는 추락의 공포를 완전히 떨치지 못한 채 메가 씨를 따라 해가 지기 시작한 산속을 말없이 걸었다.

위험했다. 죽을 뻔했다. 오늘 아침에 집을 나설 때는 그런 생각을 해보지도 않았다. 내가 죽으면 어떻게 될까. 아내는 혼자 딸을 키우고, 딸은 아버지를 모르고 자란다. 물론 사택에서도 나가야 한다. 내가 실직하느냐 마느냐 그런 차원의 문제가 아니다. 등산은 어차피 여가 생활이고, 목숨을 걸 일은 아니다.

메가 씨가 앞을 나아간다. 배낭에 매단 헬멧, 흙으로 더러워진 테이프 슬링이 카라비너와 함께 흔들렸다. 아이젠을 꼈고, 어깨에 로프를 멨고, 손에는 픽스틱을 들었다. 거창한 모양새였다. 야산이라고도 할 수 있을 만큼 낮은 롯코산을 그런 모양새로 돌아다니는 메가 씨는 역시 뭔가 잘못됐다.

잘못된 거 아닐까요, 메가 씨. '진짜 위기'는 산이 아니라 역시 사람 사는 데에 있고, 그 위기에 맞서지 않는 건 메가 씨 아닐까요? 메가 씨가 이렇게 산에 들어와서 절벽에 매달릴 수 있는 것도 사람 사는 데가 있고, 일이 있기 때문 아니겠습니까? 실체를 보지 않는 사람은 메가 씨고, 모르기 때문에 그러는 것 아닐까요? ─제일 위험한 건 메가. 물론 그것도 누군가의 의견이고 그야말로 예측일 뿐인지도 모르지만, 그래도 메가 씨가 모른다면 알려줘야 하리라. 당시에 내가 입 다물었던 건, 그러는 편이 내게 유리했기 때문이다.

나는 숨을 들이마시고 마침내 입을 열었다. "저, 저기, 메가 씨……." 내내 입을 다물고 있었던 탓인지 목이 잠겨서 목소리가 잘 나오지 않았다.

"어때, 하타 군도 느껴지지?"

말허리를 자르듯 끼어든 메가 씨의 말을 듣고 나는 두 귀를 의심했다.

"그렇게 아슬아슬하게 경사면을 올라갔잖아. 예상이니 분위기니 그런 게 아니라 절체절명의 위기에 빠졌어. 그야말로 진짜야. 몸이 찌릿찌릿해지는 듯한 감각을 맛보며 이렇게 산을 올라보니, 뭐, 오늘은 혼자가 아니지만, 그래도 뭔가 느껴지지?"메가 씨가 속삭이듯 말했다.

갑자기 경련하듯 배가 울렁거려서 토할 것 같았다.

"나도 몇 번이나 죽을 뻔했는데 그럴 때면 아, 끝장이구나, 하고—"

"안 느껴집니다!"나도 모르게 큰 소리가 나왔다.

메가 씨가 멈춰 서서 놀라움과 당황이 섞인 얼굴로 돌아보았지만 나는 말을 그만두지 않았다.

"느껴지긴 뭐가 느껴져요! 죽을 뻔했다고요!"

말하는 내내 다리가 떨렸다. 추락할 뻔했다는 공포 때문인지, 분노 때문인지, 흥분 때문인지는 모르겠다. 느껴진다고? 뭔가 느껴진다 하더라도 나는 그렇게 말할 수 없다. 절대로 할 수 없다. 여가 생활을 즐기러 산에 왔다가 죽을 뻔했다. 그런 감각을 느낄 상황이 아니다.

"등산은 여가 생활입니다. 놀다가 죽으면 아무 의미도 없잖아요! 진짜 위기는 산이 아니라 사람 사는 데 있습니다!

우리 생활에요. 메가 씨는 거기서 달아나고 있을 뿐이잖습니까! 불안에서 마냥 눈을 돌리다니 비겁하지 않습니까? 산은, 베리는 자극적이지만 '진짜'는 그런 자극적인 게 아니라 좀 더 예사로운 일상에 있는 것 아니겠어요? 메가 씨도 남동생—"말하려다 입을 다물고 침을 삼켰다.

"—가족이 있잖아요! 직장에서든 산에서든 자기 마음대로 해도 되겠습니까? 메가 씨에게도 책임이 있잖아요? 메가 씨가 죽으면 어떻게 합니까. 진짜 위기인지 묘한 감각인지 뭔지 모르겠지만, 결국 달아나고 있을 뿐이잖습니까. 맞서야 할 건 산이 아니라 생활이에요. 회사라고요. 개인 면담 그거, 인원 정리를 위한 구실입니다. 메가 씨가 제일 위험하다는 말이 나돌아요. 자꾸 멋대로 굴다간 정말로 위험하다고요."

숨이 찼다. 말하고 나자, 말을 모조리 토해내고 나자 구토 후의 개운함 같은 것이 느껴졌다. 저 멀리서 하늘이 울렸다.

놀란 표정으로 듣고 있던 메가 씨는 숨을 들이마시고 뭔가 말하려 했지만, 괴로운 듯 그 말을 꿀꺽 삼키고 입을 다물었다.

키 큰 삼나무들에 둘러싸여 주변은 날이 저문 것처럼 어두웠고, 나무들 너머로 저녁 해가 어른어른 비쳤다.

"……갈까." 메가 씨는 천천히 앞으로 몸을 돌리고 다시 걸어갔다.

우리는 말없이 등산로를 걸었다. 나는 이제 와서 뒷맛이 썼다. 쓰디쓴 위액이 입안으로 올라온 듯한 기분이었다. 해가 뉘엿뉘엿 넘어가자 산은 색깔이 깊어졌다. 다리가 무거워서인지 등산로를 나아가는데도 더는 쾌적하지 않았다. 거리로 따지면 10킬로미터도 걷지 않았을 테지만 발을 들면 다리가 떨리고, 내디디면 넓적다리 뒤쪽에 둔한 통증이 느껴졌다. 그리고 덤불 속에서 꺾인 오른쪽 발목에도 불편함이 느껴지기 시작했다.

도중에 또 베리를 하러 들어갔다. "그렇게 길지는 않아" 라는 메가 씨의 말에 나는 마지못해 "알겠습니다……" 하고 머리를 푹 떨구듯이 고개를 끄덕였다. 이대로 등산로를 나아가면 빙 둘러 가는 셈이라고 했다. 육체적인 피로도 심했지만, 나는 무엇보다 정신적으로 지쳤다. 속옷이 축축하고 몸도 완전히 식었으므로, 한시라도 빨리 산에서 내려가 집에서 뜨거운 물로 온몸에 엉겨 붙은 땀과 흙을 씻어내고 싶었다.

메가 씨를 따라 낙엽을 밟으며 덤불로 들어갔다. 다시 덤불로 들어가니 몸이 거절하듯 심한 피로감이 몰려왔다. 내 체중이 두 배로 늘어나서 짓누르는 것 같았다. 나뭇가지를 붙잡고 몸을 지탱하며 경사면을 내려갔다. 어깨 근육이 뻣뻣했다. 낙엽 속에 무릎까지 빠진 다리를 빼내자, 덩어리진 낙엽이 경사면을 굴러갔다. 풀쩍풀쩍 뛰듯이 경사면을 내려가는 메가 씨를, 숨을 헐떡이며 쫓아갔다. 뱃속에 돌을 채운 것처럼 온몸이 무거웠다.

어느덧 구름이 하늘을 뒤덮었고, 능선 근처 하늘이 저녁놀로 빨갛게 물들었다. 경사면에 발을 디뎠다. 오른쪽 발목의 불편함은 확실한 통증으로 변했다.

바위가 섞인 두두룩한 구릉을 올라갔다. 바위를 훌쩍 넘어서 발을 디뎠다. 넓적다리에 둔한 통증이 퍼졌다. 무겁다. 다리 한 짝은 대체 몇 킬로그램쯤 될까. 문득 그런 생각이 들었다. 숨이 턱까지 올라왔다. 무릎에 손을 짚고 한 발짝, 한 발짝 밀어 넣듯 다리를 옮겼다. 완만한 비탈을 올랐다가 내려가고, 내려갔다가 오르면서 풀숲을 헤치고 지나간다. 메가 씨는 돌아보지 않고 거침없이 나아갔다. 이마의 땀이 속눈썹가에 스며서 한쪽 눈을 감았다. 반으로 줄어든 시야 저편에서 메가 씨가 화나서 날뛰는 것처럼 픽스틱을 휘둘러 나뭇잎을 치우는 모습이 보였다.

낙엽 속에서 손으로 다리를 뽑아냈다. 눈앞의 나뭇가지를 부러뜨리고 구릉 앞쪽의 덤불을 다시 헤치고 나아갔다. 별안간 나뭇가지에 옆구리를 찔려서 나는 앓는 소리를 냈다. 이리저리 얽히고설킨 나무숲을 땀투성이로 헤매고 있으니 이제 뭐가 뭔지 모를 지경이었다. 지금 어디쯤을 나아가고 있는 걸까. 핸드폰을 꺼내 현재 위치를 확인하기도 귀찮았다. 마치 망가진 것처럼 무릎이 덜덜 떨렸다. 나무줄기를 잡은 손에도 힘이 들어가지 않았다. 경사면이 한층 어둡게 그늘져 보이는 건 나무들이 큰 탓일까, 하늘이 흐린 탓일까, 아니면 피곤한 탓일까. 메가 씨의 모습이 보이지 않았다. 간신히 들리는 발소리를 향해 겨우 나아갔다.

툭, 투둑투둑, 하고 튀는 듯한 소리가 귓가에 들렸다. 그러다 느닷없이 주변에서 솟아오르듯 소리가 뿜어져 나오더니, 나무가 부옇게 흐려지며 비가 내리기 시작했다. 나는 다리를 끌며 뭔가에 쫓기듯 뛰어갔다. 구릉을 넘어 빗속에서 굴러떨어지다시피 경사면을 내려갔다. 그러자 갑자기 눈앞이 트이고 등산로가 나왔다.

"나이스, 하타 군. 잘했어!"

메가 씨는 주변을 부옇게 적시는 빗속에 해맑게 웃는 얼굴로 서 있었다. 빗방울이 묻은 뺨이 반짝였다. 나는 무릎에 손을 짚고 고개를 숙인 채 잠시 꼼짝도 하지 못했다.

"이제부터는 쭉 등산로고 내리막이니까 수월할 거야. 에 게산 유적지 공원으로 나갈까."

등산로를 내려간다. 이제 다리에 힘이 들어가지 않았고, 나사가 풀린 것처럼 발목이 후들거렸다. 아무것도 없이 평 평한 곳인데도 다리가 꼬여서 넘어질 듯 비틀거렸다. 빗발 은 약해졌지만 바람에 휩쓸린 빗방울이 나뭇잎에 마구 튀 어서 그 소리에 놀랐다. 어느새 나는 오른쪽 다리를 질질 끌며 걷고 있었다.

"어? 다쳤어?" 메가 씨가 자꾸 뒤처지는 나를 돌아보고 물었다.

"아파?"

아픈 걸까. 이미 마비되어 모르겠다. 아픈지 확인하기 위 해 체중을 싣기도 무서웠다. 꺾인 발목의 바깥쪽에 체중을 실으면 점토처럼 한없이 구부러질 것만 같았다.

"저기 앉아서 신발 벗어봐." 메가 씨가 길가에 있는 바위 를 가리키며 말했지만, "괜찮아요" 하고 나는 거절했다. 찢 어진 외투 틈새로 스며든 빗물에 차갑게 젖은 속옷이 살에 찰싹 달라붙었다. 아무튼 1초라도 빨리 산을 내려가고 싶 었다.

등산 스틱을 잃어버린 내게 메가 씨가 손잡이를 늘인 픽스틱을 빌려주었다. 나는 픽스틱의 피켈 헤드 부분을 잡고 기대는 자세로 걸었다. 앞서 걸어가며 배낭을 뒤지던 메가 씨가 "이거 먹어" 하고 플라스틱 포장재에 든 흰색 정제를 꺼냈다. 진통제였다. 이런 것까지 가지고 다니나. 나는 말없이 약을 받아서 침으로 삼켰다.

개구리를 닮은 가에루 바위를 지나자 비가 그쳤다. 메가 씨는 후드를 벗고 하늘을 올려다보았다.

"이제 다 왔어, 하타 군."

어두침침한 회색 하늘 아래, 하얀 불빛이 어른거리는 거리가 보였다. 갑자기 자극적인 냄새가 코끝을 스쳤다. 오줌 냄새. 가에루 바위가 있는 이 코스는 아시야로 내려가는 정석 코스 중 하나다. 아웃도어 붐으로 아이를 데리고 산에 오는 등산객이 늘어났다고 한다. 어린아이니까 산에서 다 내려갈 때까지 참지 못하고 길옆으로 들어가서 볼일을 보는 것이리라. 가에루 바위부터 에게산 유적지까지 계속 이런 냄새가 풍긴다. 산은 사람 사는 데와 잇닿아 있으니까.

"저기 봐!" 메가 씨가 가리킨 옛 고상식(高床式) 창고를 본 순간, 눈앞이 어질어질해서 진창에 주저앉았다. "하타 군! 괜찮아?"

이제 그런 말에 대답할 여유조차 없었다. 다리부터 엉덩이, 허리 위까지 질척하게 묻은 진흙을 털어내며 일어섰다. 비를 타고 흘러들었는지 오줌 냄새가 풍겼다. 나는 말없이 걸었다. 오른쪽 다리를 보호하며 나아갔다. 걸음을 옮길 때마다 탁, 탁, 하고 픽스틱으로 지면을 짚는 소리가 들렸다. 오른쪽 발목이 마침내 욱신욱신 쑤시기 시작했다.

공원 계단을 한 단씩 떨어지듯 내려와서 울타리 문을 통해 드디어 주택가로 나왔다.

"도착했다!" 말한 사람은 메가 씨뿐이었다. 그 후로 우리는 고지대의 주택가를 말없이 걸었다. 주택가를 빠져나와 미용실, 침술원, 백반집 같은 가게가 늘어선 길을 지나 주차장과 빌딩 사이의 좁은 길을 통과하자 역이 보였다. 평일 저녁. 한큐 전철의 아시야가와역 앞은 등산객 대신 교복을 입은 학생으로 북적거렸다.

"많이 힘들었지……." 진흙투성이인 내 모습을 보고 메가 씨는 그렇게 말하더니 "차가 있으면 좋을 텐데" 하고 의미도 없이 주변을 둘러보았다. 서쪽으로 향하는 전철이 다가왔다.

"전철 타면 돼요. 저는 JR 타요." 빨리 혼자가 되고 싶었다.

메가 씨는 전철이 달려 들어오는 고가선로를 올려다보

왔다.

"오늘 고마웠습니다." 나는 그렇게만 말하고 고개 숙여 인사한 후, 돌아보지 않고 강 옆 길을 향해 걸어갔다. 메가 씨가 뒤에서 뭐라고 말했지만 고가선로에서 울려 퍼지는 굉음이 훼방을 놓았고 나도 못 들은 척했다. 어른답지 못하다 싶었지만, 지금 내 처지가 너무나 비참해서 감당이 안 됐다.

나는 큰길을 피해 샛길로 1킬로미터 가까이 다리를 끌며 JR역까지 걸었다. 젖은 등산복은 무거웠고, 식은 몸이 떨렸다. 이가 맞부딪쳐서 따닥따닥 소리가 났다.

역에 도착하자 백화점과 카페의 불빛으로 밝게 빛나는 역 앞은 귀가하는 사람들로 붐볐다. 퇴근 시간대라 사람들로 복잡한 전철에서 더러워진 등산복을 입은 나는 양어깨를 끌어안듯 움츠린 자세로 문 구석에 처박혀 만사를 포기한 것처럼 눈을 감았다.

*

눈을 뜨자 형틀에 묶인 것처럼 침대에서 몸을 움직일 수 없었다. 시계를 보니 오전 6시였다. 뜻밖에도 평소와 똑같은 시간에 깨어났다. 무거운 진흙 속에서 계속 몸부림친 것처럼 온몸이 고단했다. 너무 피곤한 나머지 오히려 잠을 푹 자지 못했다. 어젯밤 집에 도착하자 아내가 내 몰골을 보고 비명을 지르더니 질문을 쏟아냈지만, 나는 제대로 대답도 하지 못하고 샤워한 후 빈속으로 침대에 쓰러졌다.

목이 말랐다. 침을 삼키자 목구멍이 아팠다. 협탁에 놓아둔 체온계를 겨드랑이에 끼고 이마를 만져보았다. 삑, 하는 소리에 숫자를 확인하자 37.7도였다. 머리도 지끈지끈 아팠다. 몸이 몹시 나른했다. 하지만 이건 산행의 피로 때문이리라. 하루만 어떻게 잘 보내면 주말에는 감기가 떨어질 것이다.

팔다리를 비롯해 온몸에 근육통이 심했다. 잠옷을 걷고 오른쪽 발목을 보았다. 어제 현관에서 신발을 벗었을 때 약간 불그레했던 발목이 복사뼈가 보이지 않을 만큼 검푸르게 부어올랐다. 그때 기침이 났다. 일단 나오자 한 번으로는 그치지 않았고, 결국은 침대가 흔들릴 만큼 심하게 콜록거렸다.

"어, 뭐야?" 아내가 방문을 살짝 열고 들여다보았다. "왜 그래……."

괜찮다고 말하려 했지만 목소리가 나오지 않았다. 가슴

을 누르며 겨우 꺼낸 목소리는 듣기 싫게 갈라져서 도저히 괜찮다고 얼버무릴 수 없을 수준이었다. 망설인 끝에 '몸이 안 좋아서 오늘은 쉬겠습니다' 하고 핫토리 과장에게 문자 메시지를 보냈다. 잠시 답장을 기다렸지만 눈을 못 뜨고 있을 만큼 지독한 두통과 졸음이 몰려와서 나는 베개에 얼굴을 묻은 채 다시 잠들었다.

배가 몹시 고파서 눈을 뜨니 점심 먹을 시간이 다 되었고 아내와 딸은 없었다. 핫토리 과장에게 답장은 오지 않았다. 다른 사람의 연락도 없었으므로, 나는 쉬는 걸로 처리된 듯했다. 일어나서 방바닥에 발을 댔다. 찌릿찌릿한 통증이 다리 전체로 번졌다. 다리를 끌며 방을 나서서 세면실로 향했다. 얼굴을 씻고 입을 헹군 후 물을 마셨다. 거울을 들여다보니 얼굴이 벌겋게 부었고, 콧대에 선을 그은 듯한 상처가 하나 생겼다. 벽을 짚으며 주방으로 가자 아내가 냄비에다 달걀죽을 만들어놓았다. 달걀죽을 싹싹 비웠는데도 허기가 가시지 않아 날달걀을 두 개 깨서 밥에 얹고 소금을 뿌려서 먹었다. 그러자 사레가 들려서 또 기침이 났다. 콜록거리다 뱉어낸 가래는 탁한 파란색이었다.

기침을 하면 날붙이로 찌르는 것처럼 가슴이 아팠다. 감기도 심했지만 소프트볼 크기로 부어오른 발목도 걱정이었다. 약상자에 남아 있던 오래된 파스를 붙이고 침대에 눕자마자 또 잠에 곯아떨어졌다.

그날 밤, 기침이 심해서 밤중에 몇 번이나 깼다. 다음 날 아침 "좀 이상하지 않아?"라는 아내의 말에 다리를 끌며 집에서 두 블록 떨어진 내과 의원에 진료를 받으러 갔다.

나이 든 의사는 동그란 청진기 끝부분을 내 가슴에 이리저리 대더니, 수염 기른 입매를 잠시 우물거리다가 간호사에게 엑스레이를 찍으라고 지시했다. 그리고 엑스레이 사진이 나오자 "폐렴이군요." 하고 아주 늘어지는 말투로 알려주었다.

"뭐, 폐렴?" 수납 차례를 기다리는 동안 아내에게 문자 메시지를 보내서 알리자, 바로 아내에게서 전화가 왔다. "증상이 어떤데?" 기침과 가슴 통증. 거기에 동반되는 심한 권태감. 하지만 권태감은 산행에서 비롯된 증상일지도 모른다.

집으로 돌아가니 분위기가 어수선했다. 복도를 지나 주방 문을 열려고 하는데 열리지 않았다. "들어오지 마! 당신 방으로 가!" 아내의 날카로운 목소리가 날아들었다.

문 너머에서 아내는 어딘가에 전화를 하면서 바쁘게 움직이고 있었다. 잠시 후 쿵쿵 발을 구르듯 내 방 앞을 걷는 소리가 나고 "빨리 와!" 하고 재촉하는 아내의 목소리와 딸의 울음소리가 들렸다. 그리고 여행용 가방을 드르륵드르륵 끄는 소리에 이어 현관문이 여닫히는 소리가 들린 후 집 안은 쥐 죽은 듯이 조용해졌다. 아내는 폐렴에 대해 알아보고 딸에게 옮을까 봐 걱정돼 처가댁으로 피신했다. '무슨 일 있으면 연락해. 일단은 알아서 몸을 추슬러' 하고 아내가 나중에 문자메시지를 보냈다.

주말이 지나자 열이 조금 내렸다. 나는 또 내과에 가서 진찰을 받았지만, 가슴 통증과 기침, 권태감은 가시지 않았다. "뭐, 일주일은 가겠죠"라는 의사의 진단을 듣고 핫토리 과장에게 보고했다. "뭐? 폐렴? 뭘 어쨌길래 폐렴에 걸리냐! 보나 마나 실컷 놀러나 다녔겠지. 내가 몸을 사리는 편이 좋을 거라고 했을 텐데! 아, 일주일이면 올해는 다 갔네." 마침 일주일 후가 종무식 날이었다. 과장은 조심성 없는 내 태도와 투철하지 못한 직업의식을 실컷 비판하더니 "애당초 너는" 하고 욕을 퍼부었다. 그러고는 "네 업무, 다른 사람에게 넘길 테니까 메일로 내용 보내. 무슨 일 있으면 물어볼 테니까 전화 오면 벨 소리 세 번 안에 냉큼 받고" 하고 온종일 업무용 핸드폰을 목에 걸고 있으라는 지시를 내린 후 전화를 끊었다.

핫토리 과장은 당장 우에무라 부장에게 보고할 것이다. 내 면담은 어떻게 될까. 방 창문으로 약간 흐린 하늘을 바라보며 그런 생각을 했다. 하지만 피로 때문인지 열 때문인지 머리가 돌아가지 않아서, 그저 그렇게 생각했을 뿐 딱히 아무 감상도 솟아오르지 않았다. 나아가 어쩐지 그것이 먼 미래의 일처럼 느껴져서, 목이 바싹 타는 듯한 초조함과 불안감은 신기하게도 밀려오지 않았다.

그로부터 이틀 후, 기침은 거의 가라앉았지만 역시 산행의 여파인지 몸이 나른한 증상은 가시지 않았다.

나는 토스트를 먹으며 창문으로 밖을 보았다. 안뜰에는 예전에 살던 사람이 키웠던 관상용 식물 몇 그루가 손질하지 않은 상태로 남아 있었고, 바람을 타고 날아온 씨앗에서 자라난 잡초가 무성했다. 코니퍼(소나무처럼 원뿔형 열매를 맺는 구과 식물의 통칭), 아가판서스, 코르딜리네. 내게 그렇게 설명해준 아내는 "이제 손질 좀 해야겠네" 하고 연말에 안뜰을 손볼 예정이었지만, 지금은 그럴 상황이 아니었다. "휴, 다행이다. 그럼 몸조리 잘해." 아내는 내 증상을 듣더니 그대로 처가댁에서 새해를 맞겠다고 했다. 시들어서 갈색 빗자루처럼 변한 코니퍼. 난 그걸 그저 시야에 담은 채 진하게 우린 홍차를 마셨다.

생각해보면 메가 씨에게 아주 못된 짓을 했다. 100퍼센트 내가 부주의했던 탓에 다쳤고, 사고가 나서 죽을 뻔했으면서 구해준 메가 씨를 통렬하게 비난했다. '진짜', 그것이 산이 아니라 사람 사는 데에 있다는 생각은 변함없지만, 그래도 좀 더 달리 말할 방법이 있었을 터였다. 변명하자면 산행 후반부에 나는 공포와 피로로 거의 착란을 일으킨 상태였다. 브레이크 없이 폭주한 내게 메가 씨는 아무 반박도 하지 않았지만 마음속 깊이 사무쳤을 것이다. 어른답지 못한 내 태도에 어이가 없었을 테고 기분이 몹시 언짢았으리라. 메가 씨가 베리에서 느끼는 감정을 나로서는 이해할 수 없을지도 모르지만, 그건 어디까지나 메가 씨의 감정이므로 내가 이러쿵저러쿵 따질 일은 아니었다.

따스한 겨울 햇살이 관상용 식물에 쏟아졌다. 결국 면담은 어떻게 됐을까. 나를 제외하고 연내에 전부 끝낼 예정일까. 메가 씨는 이미 면담을 마쳤을까. 지금 같은 상황에서 내가 먼저 누군가에게 물어보기는 꺼려졌다. 어쨌든 면담은 분명 조용히 진행되고, 사장과 부장은 연내에 삭감할 '고정비'를 결정할 것이다. 그 결정을 새해가 밝으면 실행할까, 또는 다음 사업 연도까지 기다릴까.

어째선지 나는 그토록 집착했던 '생존'에 예전 같은 열

량을 품을 수가 없었다. 이미 지나간 일처럼 느껴져서 힘이
빠졌고, 체념과도 비슷한 기분이 들었다. 회사에서 잘릴 가
능성은 있지만, 그러한 불안과 공포심에 항거할 의지 같은
것이 솟아나지 않았다. 어떤 면에서는 안심하고 있는 걸까.
난 괜찮다고. 아니, 상황을 따지면 최악이었다. "지금은 너
무 눈에 띄지 않게 몸을 사리는 편이 좋을 거야" 하고 핫토
리 과장이 주의를 주었건만, 산에서 다치고 폐렴에 걸려 눈
코 뜰 새 없이 바쁜 연말에 회사를 오래 쉰다. 이 하나만으
로도 직원으로서 내 평가는 낮아질지 모른다. 보고를 받은
우에무라 부장은 불쾌한 것이라도 보는 듯한 표정을 지었
으리라.

　회사에서 잘리면 물론 곤란하다. 그러면 또 처음부터 구
직 활동에 나서야 한다. 약 4년의 짧은 근속 연수가 직무 경
력에 새로이 추가되긴 하겠지만, 동시에 그만큼 나이를 먹
었다. 다음 직장이 정해지지 않은 상태에서 이 사택에서도
나가야 한다. 그건 가족들에게도 못 할 짓이다.

　하지만 그렇게 생각해봐도 역시 예전 같은 초조함은 느
껴지지 않았다. 느낄 수 없는 걸까. 너무 피곤한 걸까. 그런
초조함과 불안도 생존 본능일 텐데, 그걸 느끼려고 노력하
기를 몸이 거부하는 걸까.

소파에 앉은 자세로 다리를 쭉 뻗고 안뜰을 바라보았다. 회사에서 잘리면 곤란하다. 불안이 아예 없지는 않다. 그래도 내 가슴속에 담대한 뭔가가 떡 버티고 있었다. 무리해서 고니시, 핫토리 과장, 공사과 모임에 참석했지만 이제는 그런 모임이 몹시 어처구니없게 느껴졌고, 그들의 비위를 맞췄던 나 자신이 우스꽝스러워 보였다.

과장이 시킨 대로 목에 걸고 있던 업무용 핸드폰도 빼서 내려놓았다. 다행히 회사에서는 아무도 연락하지 않았다. 몸 상태를 신경 써주는 것이겠지만, 한편으로 내 업무를 넘겨받은 사람이 일을 잘 처리하고 있는 듯했다. 그리고 어쩌면 메가 씨에게 연락이 올지도 모른다 싶어 마음의 준비를 하고 있었지만, 메가 씨도 연락이 없었다.

아무도 없는 집. 온종일 침대에 누워 나 자신이 세상으로부터 고립된 것 같은 기분을 맛보았다. 푸르스름한 기운이 도는 오전 시간의 방. 근처 간선도로를 오가는 자동차 소리가 파도처럼 밀려왔다. 사회는 나와 무관하게 나아가고 있었다. 나는 홀로 남겨졌고, 적어도 지금은 완전히 쓸모없는 것 같았다. 홀로 방에 처박힌 나는 이제 아무것도 아닌 듯했다. 하지만 나를 부드럽게 감싸는 충만한 뭔가도 느껴졌다. 나는 매일 부엌의 작은 도마로 간단한 음식을 만들어

먹으며 방에서 별로 나가지 않고 숨죽인 것처럼 조용히 지냈다.

그러다 집에서 종무식 날을 맞았다. 이럴 때는 어떻게 하면 될까. 일단 인사는 해야 할까. 핫토리 과장에게 전화를 걸어보았지만 받지 않았고, 나중에 다시 연락이 오지도 않았다.

새해가 밝고 사흘이 지나자 아내와 딸이 처가댁에서 돌아왔다. 아내는 내 안색을 확인하기도 전에 "아무것도 안 했잖아!" 하고 소리쳤다. 잠깐 '홀로살이'를 하는 동안 내가 집을 어지럽히지 않고 지낸 것보다 쉬면서 대청소 한 번 하지 않았다는 것이 우선 눈에 들어와 아내는 화를 냈다.

그리고 새해 업무가 시작되는 1월 5일. 나는 아직도 아픈 오른쪽 발목을 조심하며 19일 만에 출근해(일본은 12월 마지막 주부터 1월 첫째 주까지 휴무인 회사가 많다) 바로 사장에게 사과하러 갔다.

열려 있는 사장실 문 안쪽으로 사장이 우에무라 부장과 담소를 나누는 모습이 보였다. 내가 반성하는 말을 꺼내며 고개를 깊이 숙이자 사장은 "그것참 호들갑스럽기는. 이제 괜찮습니까? 힘들었겠어요" 하고 너그럽게 웃었다. "하타 씨는 제3그룹의 기둥이니까요." 우에무라 부장도 전에 없이 부드러운 표정을 짓더니 웬일로 그런 소리를 했다.

그 이유는 바로 알았다. 보류됐던 어빈의 발주가 연말에 들어왔다. 일단 현장 한 곳뿐이었지만, 다른 현장도 순차적으로 발주할 거라고 했다. 발주된 에비에의 상가 빌딩 보수 공사에는 사업 연도 내 완공이라는 조건이 붙었으므로, 그 준비를 위해 새해 업무가 시작되자마자 핫토리 과장은 구리키와 공사과 현장 담당자를 데리고 상대편과 협의하기 위해 외근을 나갔다. "역시 자금력이 있군." 사무실에서 누군가가 어빈에 대해 평가하는 목소리도 들렸다.

사장실 옆, 문을 떼어낸 응접실에서는 문이 있던 자리에 반투명 보호 필름을 덮고 내장 공사를 진행하는 중이었다. 어빈에서 파견된 팀이 들어와서 '기획과'로 일할 예정이라고 한다.

"어, 진짜요?" 다몬 씨의 목소리가 울려 퍼지고 총무과 자리에서 웃음이 일었다. 다몬 씨도 예전의 밝은 모습을 되찾았다. 내가 쉬는 동안 상황이 싹 바뀌었다.

점심시간을 앞두고 겨우 전화가 연결된 핫토리 과장은 내 연초 인사와 사과를 싹둑 자르더니 "그나저나 엄청 바빠질 거야" 하고 급한 어조로 말하고 연말에 고니시와 호시노가 함께 사직서를 냈다는 사실을 알려주었다. 둘 다 이번

달 말까지만 근무한다고 했다.

"업무 분장을 어떻게 할지는 나중에 다시 생각해야겠지만, 일단 넌 메가의 업무를 인수해."

혼란스러워서 즉시 물어보지 못했다. 뭐? 메가 씨? 메가 씨가 아침부터 사무실에 없는 건 노상 있는 일인지라 신경 쓰지 않았는데 그만뒀다고? 면담을 했더라도 너무 빠른 것 아닌가.

"메가 씨가 그만뒀습니까?"

"어, 몰랐어? 아무튼 영업이 세 명이나 빠졌으니까 잘 부탁한다." 아직 협의 중인지 마지막 말이 멀어지면서 전화가 끊겼다.

메가 씨가? 아니, 잠깐만요. 나는 당황했다. 사무실을 둘러보고 메가 씨의 자리를 확인했다. 거기에는 예전과 다름없이 노트북이 놓여 있었다.

"아, 하타 씨! 이제 괜찮아요? 폐렴으로 다 죽어간다길래 얼마나 걱정했는데요." 사무실로 먼저 돌아온 구리키는 평소와 다름없어 보였다. 나는 메가 씨가 어떻게 된 건지 구리키에게 캐물었다.

"아아, 메가 씨. 사장님과 한판 붙었어요." 구리키는 이맛살을 찌푸리며 신경 쓰인다는 듯 사장실을 힐끔 보더니, 내

소맷부리를 잡고 사무실 구석으로 데려갔다.

"메가 씨가 사장님과 직담판했어요. 작은 고객도 남겨달라고요. 자기가 책임지고 영업하겠다면서 너덜너덜한 노트를 들고서요. 도중에 사장실 문이 닫혔고, 우에무라 부장님과 마쓰우라 씨가 불려 갔죠. 언쟁이 꽤 심했어요. 큰소리가 사장실 밖까지 들렸다니까요. 그런데 오히려 우에무라 부장님이 메가 씨가 멋대로 재료를 반출했다는 사실을 추궁해서, 결국 그만두겠다고 본인 입으로 말했나 봐요. 왜, 보증 공사 있잖아요. 부장님이 보증 대상에 해당하지 않는다며 갑자기 메가 씨의 고객에게 애프터서비스를 제한해서, 메가 씨가 직접 공사를 한 모양이에요."

더는 구리키의 목소리가 귀에 들어오지 않았다. 나는 당장 메가 씨에게 전화를 걸었다.

"네, 메가입니다"라는 난바 씨의 목소리가 전화기와 동시에 뒤쪽에서도 들려서 돌아보자, 총무과 자리에서 웃음이 터져 나왔다. 나는 그 자리에 우두커니 서 있었다. 회사에서 그 일은 작년에 이미 끝난 일이었다.

점심시간이 지나서 사무실에 돌아온 핫토리 과장이 나를 불렀다. 과장은 내가 쉬는 동안 진척된 업무 상황과 메가 씨가 담당했던 건을 설명해주었다.

"저기, 죄송합니다만 메가 씨는 진짜 이대로 그만두는 겁니까?"

내가 물어보자 응? 하고 핫토리 과장은 한쪽 눈썹을 치켜세우더니 내뱉듯이 말했다. "녀석은 어차피 모가지가 날아갈 신세였잖아." 그렇다면 메가 씨는 역시 인원 정리 대상자였고, 우에무라 부장과 면담할 때 그 이야기를 듣고서 자포자기에 빠진 걸까. 내 상황도 포함해 면담이 어떻게 진행되는 중인지 과장에게 물어보자 "그건 중지됐어. 그런 건 시간 날 때 하는 거지" 하고 연말에 바빠 도중에 중지되었다고 알려주었다.

사장과 직담판, 메가 씨는 내내 그럴 기회를 노리고 있었던 걸까. 아니면 설마 내가 메가 씨를 몰아붙인 걸까…… 뭔가가 치받쳐서 가슴이 꽉 메는 기분이었다.

쉬는 사이에 쌓인 메일을 하나씩 열었다. 내 업무를 맡아준 사람은 구리키로, 과장과 나를 참조에 포함해 거래처와 주고받은 메일이 남아 있었다. 구리키는 연말 프레젠테이션에도 참석했고, 결과적으로 수주에 실패했음을 알리는 메일을 관리 회사에서 보냈다.

"……아쉽게 됐네요, 메가 씨."

답장을 쓰고 있는데 다몬 씨가 옆으로 와서 속삭였다. 그 후 사장도 생각하는 바가 있었는지 우에무라 부장에게 메가 씨의 처분을 보류하라고 지시했지만, 메가 씨는 개의치 않고 다음 날 바로 짐을 정리하기 시작했다고 한다. 메가 씨를 말린 사람은 뜻밖에도 마쓰우라 씨였다. "좀 있어봐, 메가 군. 고개 한 번 숙이면 끝날 일이잖아" 하고 타일렀지만 메가 씨는 말을 듣지 않고 그날 업무용 핸드폰과 명함을 난바 씨에게 반납했다고 한다.

"저도 말렸는데 씩 웃기만 하고 아무 말 없이 터벅터벅 나가버렸어요."

그 말을 들으며 어쩐지 저 멀리 내동댕이쳐진 것 같은 기분이었다. 메가 씨는 스스로를 잘랐다. 내 고민도 걱정도 모조리 넘어서 사라졌다. 웃음소리처럼 카라비너를 짤랑짤랑 흔들며 산속을 홀로 걸어가는 메가 씨의 뒷모습이 갑자기 떠올랐다.

파도가 씻어낸 것처럼 회사 상황이 확 달라졌다. 나는 예전과 다름없이 일했다. 큰 물결에 삼켜져 정신없이 발버둥 쳤지만, 또 파도에 떠밀려 어이없을 만큼 간단히 원래 있던 곳으로 돌아왔다. 아무렇지도 않은 얼굴로 똑같은 자리에 앉아 있다. 메가 씨가 사용했던 책상에는 건축자재 카탈로그가 쌓였다.

퇴근길, 전철이 워낙 혼잡해서 문으로 떠밀렸다. 문 유리창으로 산 근처 주택가를 덮을 듯 검게 늘어선 롯코산맥이 보였다. 역시 메가 씨는 오르고 있을까. 그날 이후로 나는 앱을 열지 않았다. 메가 씨의 산행 기록을 보기가 조금 두려웠다.

앱으로 연락할 수 있다. 갑자기 그런 생각이 떠올랐다. 하지만 뭐라고 말하면 좋을까. 그날 있었던 일을 사과하고, 그리고……. 사장에게 사과하고 회사로 돌아오라는 식으로 말하면 될까. 아니, 전하고 싶은 말은 훨씬 많다. 마음을 정리하지 못한 채, 나는 흔들리는 전철에서 앱을 열어 메가 씨의 산행 기록을 찾았다.

하지만 눈에 띄지 않았다. 생각나는 몇몇 단어로 검색해도 나오지 않길래 당황해서 팔로우 목록을 훑었다. 하지만 거기에도 MEGADETH는 없었다. 나는 침을 삼켰다.

없다. 메가 씨의 산행 기록은 계정과 함께 삭제됐다. 전철이 덜컥 흔들려서 옆 남자의 가방에 몸이 눌렸다. 그런데 이만 지울까 싶긴 했지. 지난번에 메가 씨가 그렇게 말했으니 언젠가 지울지도 모른다 싶기는 했지만, 하필 이 타이밍에 지우다니 어쩐지 심장이 요동쳤다.

그 주 주말에는 집을 대청소했다. 아내는 아기띠로 딸을 업고서 관상용 식물을 손질했고, 나는 걸레로 주방부터 복도, 걸레받이 몰딩의 테두리까지 닦았다. 현관 신발장에서 신발을 전부 밖으로 꺼냈다. 현관 타일 바닥에 쌓인 모래를 쓸어내려고 우산꽂이를 치우려다 픽스틱이 꽂혀 있는 걸 알아차렸다.

나는 당황한 채 픽스틱을 뽑았다. 은색 자루에 작은 피켈 헤드. 만지면 착 달라붙을 것처럼 차가워 보였다. 그날 다리를 다친 나는 메가 씨에게 이걸 빌려서 집으로 돌아왔다. 자루에도 피켈 헤드에도 자잘한 흠집이 수두룩했다. 끝에 씌운 검은색 커버는 갈라져서 들떴고, 자루에 붙인 MEGA라는 알파벳 스티커도 군데군데 떨어져 나갔다. 메가 씨는 이걸로 경사면을 찍으며 절벽을 올랐고, 풀을 헤치며 덤불을 나아갔다.

그때 뒤에서 버스럭버스럭 덤불을 흔드는 소리가 다가와서 나도 모르게 숨을 삼키며 돌아보았다.

"여보? 끝났어? 왜 멍하니 있는 거야." 아내가 마대를 들고 뒤에 서 있었다. 나는 픽스틱을 감추듯이 발치에 내려놓았다가, 뭔가 켕기는 것처럼 내 방에 가져다두었다. 그 픽스틱은 말 그대로 메가 씨의 파트너였다. 그걸 내게 맡긴 지금, 메가 씨는 일자 드라이버를 사용해 경사면을 오르고 있을까.

밤중에 소리가 나서 눈을 뜨자 옷장에 기대어놓았던 픽스틱이 쓰러져 있었다. 픽스틱은 창문으로 비쳐 든 희미한 불빛을 받고 어둠 속에서 희옵스름하게 부각돼 보였다.

다음 날 아침, 늦잠을 자는 바람에 부랴부랴 역으로 향하다가 오른쪽 발목의 통증이 완전히 사라졌다는 사실을 깨달았다.

"사진 찍으시겠습니까?" 중간 검사를 하러 간 고요엔의 옥상 방수 공사 현장에서 현장 감독을 따라 비계를 타고 옥상에 올라갔다. 비계를 재조립하며 쐐기를 박는 망치 소리가 높이 울려 퍼지는 가운데, 나는 계단을 한 단씩 디디며 발목 상태를 확인했다.

옥상의 평면 부분에는 방수공 세 명이 따로따로 쪼그려 앉아 있었다. 고개를 쳐든 방수공을 보니 낯익은 사람이었다. "어, 안녕하세요, 하타 씨. 날씨 좋네요. 롯코산도 잘 보입니다." 올려다보자 환하게 맑은 하늘 아래 짙은 녹색의 롯코산맥이 가까워 보였다.

그날 밤, 나는 배낭 속에 처박아둔 등산 지도를 펼쳤다. 롯코산의 동쪽, 한큐 전철 지선인 고요선의 종점 고요엔역.

언젠가 메가 씨가 올라갔던 주린지절의 등산로 입구. 등산로 입구까지 버스 노선을 따라 걷고, 세 갈래로 길이 갈라지는 간논산까지 가서 길을 빠져나와 이모리산. 그 부근은 평탄하다고 해도 될 만큼 지형이 완만해서……. 내가 지금 무슨 생각을 하는 걸까. 그때 "얼른 목욕해" 하고 아내가 부르길래 나는 지도를 접어서 업무용 가방에 넣었다.

통근 전철에서 가방 속 지도를 꺼냈다. 나이테 같은 등고선의 고리. 그 간격이 넓은 곳은 경사가 완만할 테니 나아갈 수 있을지도 모른다. 바깥쪽에서 찌른 것처럼 푹 들어간 형태로 고리들이 조밀해지는 부분은 골짜기고, 고리들이 늘어지며 산꼭대기로 이어지는 부분은 능선이다. 골짜기로 들어가서 능선에 오른다. 하지만 실제로 발을 들여놓지 않으면 정말로 나아갈 수 있을지 없을지는 모른다. 예를 들면 여기. 아니면 우회하고, 그게 안 된다면 여기 서쪽에서. 앞으로 나아갔다고 치고 여기는 비탈이 가파르다. 그럼 여기. 나는 상의에서 펜을 찾았다.

점심시간에 나는 회사 복사기로 등산 지도를 몇 장 복사해서 매직펜으로 선을 그으며 루트를 고민했다. 지도는 등산로와 등산로를 잇는 선이 아니라 지형의 면으로 봐야 한다고 느꼈다. 주름이 모이는 등고선을 피하고, 능선과 능선

또는 골짜기와 능선을 잇는 틈새. 나는 자연스레 그날 메가 씨와 함께 걸었던 산의 풍경을 떠올리고 상상했다.

"오, 산이로군." 마키 씨가 나무젓가락을 얹은 컵라면을 들고 지도를 들여다보았다. 그리고 바로 내가 뭘 하려는지 알아차린 듯, "조심해" 하고 웃었다. 장난스러운 표정으로 말한 건 조심해야 할 대상에 마쓰우라 씨도 포함되기 때문이리라.

"아직 좀 춥지만 어때?" 마쓰우라 씨가 2월 말 토요일로 계획한 다카미쿠라산(효고현 가코가와시에 있는 산) 산행을 "이번에는 사양하겠습니다" 하고 내가 거절하자, "아 참, 프레젠테이션에 참석해야 할지도 모르겠네" 하고 마쓰우라 씨가 알아서 핑곗거리를 생각해주었다.

2월 협의는 끝났으니 그날 쉰다는 건 알고 있었지만, 이제 산악회의 등산은 예전만큼 끌리지 않았다. 오히려 산악회 동료와 산에 오르는 것이 몹시 번거롭게 느껴졌다.

나는 혼자 산에 오르고 싶었다. 그리고 어디까지 나아갈 수 있을지는 모르지만, 직접 지도에 그은 루트를 따라 베리를 시도해보고 싶었다. 급경사면과 낭떠러지는 피하고, 무리하지 않고, 나아갔다가 되돌아오면서 길을 찾는다. 얼마 나아가지 못할지도 모르지만 망설이고 헤매면서 갈 수 있는 곳까지 가자. 혼자니까 남을 신경 쓸 필요 없이 망설이고 헤맬 수 있다. 그러면 메가 씨가 말한 베리가 무엇인지 실감할 수 있을까. 그리고 그 앞에서 메가 씨의 모습이 눈에 들어올지도 모른다.

영업 회의가 끝난 후 나는 회식을 거절하고 대형 마트에 가서 베리에 필요한 장비를 구입했다. 큼지막한 일자 드라이버, 휴대용 톱, 8밀리미터 로프, 발라클라바, 보호안경, 그리고 980엔짜리 야케. 집에 돌아가서 장비들을 장착한 후 픽스틱을 들고 거울에 비춰보자 거기에는 메가 씨가 서 있었다.

프레젠테이션을 마치고 그다음 주에 얻은 대체 휴무일, 나는 아직 날이 밝기 전에 집을 나서서 고요엔역의 등산로 입구로 향했다. 거무튀튀한 형체로 변한 산의 가장자리에 하얀 달이 보였다. 푸르스름한 어둠에 잠긴 도로를 자동차 전조등 불빛에 떠밀리듯 올라갔다. 절 안쪽 주차장의 찢어진 울타리 틈새로 산에 들어갔다.

오르막을 올라 돌아보니 거리가 눈에 들어왔다. 깜박이는 빛을 수없이 발하며 퍼져나가는 군청색 거리. 약간 흐릿하니 잿빛 앙금처럼 거리 위에 내려앉은 동쪽 하늘은 밑부분이 발갛게 빛나고 있었다.

산 북쪽으로 돌아들자 어둡게 그늘지고 얼룩조릿대에 뒤덮인 나무숲 속에 눈이 있었다. 평일 이른 아침이라 등산객의 모습은 없었다. 비탈을 올라 숲속을 걸어 별장 지대의 연못으로 나왔다. 어느 틈엔가 구름이 걷혀 하늘이 맑아졌고 물속이 푸르게 비쳐 보였다. 별장 지대 뒤쪽을 흐르는 시냇물을 넘어 버스가 다니는 도로를 건넜다. 산 안내판이 있는 샛길로 나아가자 외국의 농로를 연상시키는 나무 울타리가 이어졌다. 이윽고 진입 금지를 알리는 차단 봉이 나타났다. 왼쪽이 등산로고, 오른쪽은 우거진 수풀이었다. 하지만 오른쪽이 내가 지도에 표시한 곳이었다.

배낭에 방수 커버를 씌운 후, 얼굴을 발라클라바로 가리고 보호안경을 썼다. 양손에는 픽스틱과 휴대용 톱을 들었다. 수풀로 들어가 바위를 넘으며 능선을 따라갔다. 픽스틱의 피켈 헤드를 활용해 경사면을 오르고, 자루를 길게 빼서 낙엽 속을 더듬었다. 위험한 곳에서는 로프를 꺼냈다. 전부 메가 씨와 함께 산행했을 때 했던 일이었다. 그렇게 능선을 따라 걷다가 또 수풀로 들어가서 등산로로 나오자, 지나가던 등산객 그룹이 놀라서 "으엇!" 하고 소리를 질렀다. 나는 당황해서 발라클라바를 내리고 쑥스럽게 웃는 표정으로 인사했다.

온몸에 묻은 풀을 털어내며 등산로를 내려갔다. 앱으로 이동 루트를 확인했다. 미리 정했던 루트에서 벗어났고 이동 거리도 고작 4킬로미터밖에 되지 않았다. 그래도 나는 신비한 고양감에 푹 빠진 채 집으로 돌아왔다.

평일에도 등산객이 많은 JR고베선 인근의 정석적인 등산로는 피하고, 지선인 고요선과 이마즈선을 타거나 전철을 갈아타고 고베 전철이 다니는 방면으로 가서 산 북쪽이나 동쪽에서 올라갔다. 가베노성, 유즈리하다이, 자토 골짜기, 하쿠스이 협곡……. 사람이 별로 없는 루트를 골라서 걷다가 지도에 줄을 긋고 베리를 시도한다. 등산로를 벗어나 골짜기를 찾고, 능선을 따라 덤불 속으로 기어든다. 지도를 보고 나아갈 수 있을 것 같으면 이름 없는 골짜기로 들어가기도 했다.

"청소 부탁해" 하고 나가는 아내와 딸을 실내복 차림으로 배웅한 후 서둘러 옷을 갈아입고 전날 밤 완벽히 준비해둔 배낭을 메고 산으로 향한다. 퇴근한 아내가 어린이집에 들러 딸을 데리고 돌아오기 전에 산에서 내려와 안뜰에 놓아둔 양동이에 등산 장비를 처박고 세탁기에 등산복을 넣는다. 샤워한 후 옷을 갈아입고 아내와 딸이 돌아오면 "어서와" 하고 내내 집에 있었던 척 주방에서 맞이한다. 이건 좀 비뚤어진 행동일지도 모르겠다.

하지만 아무리 눈속임을 해도 산에서 한나절을 돌아다니면 등산복뿐만 아니라 속옷까지 땀에 젖으므로 빨랫감이 늘었다. 옷에 묻은 흙이 떨어져서 사박거리는 현관 바닥, 땀 냄새가 물씬 풍기는 세면실. 아내는 그런 변화를 금방 알아차렸다. "산에 갔었어?" 집에 온 아내가 세면실에서 귀걸이를 빼면서 물었다. 응. 나는 딸을 안고서 아무렇지도 않은 척하는 목소리로 대답했다.

"혼자서?"

어? 응. 조금 늦게 대답하자 "날씨도 추운데 산을 참 좋아하네" 하며 아내가 주방에 들어왔고 눈이 마주쳤다. 눈 속을 빤히 들여다본다고 느껴지는 건 내게 켕기는 구석이 있기 때문이리라. 작년 연말에 폐렴에 걸린 후로 아내는 당연히 내가 산에 가는 걸 좋게 여기지 않는다.

안뜰로 나가서 아이젠에 묻은 진흙을 떼어내며 생각했다. 이제 다시는. 그렇게 마음먹었는데 왜 나는 베리를 하러 가는 걸까. 메가 씨. 그 때문이기도 했지만, 나는 예전에 느꼈던 것과는 또 다른 뭔가를 산에서 느끼기 시작했다.

무리는 하지 않는다. 위험하면 돌아와서 다른 루트를 찾는다. 거리를 단축할 필요도 없고 서두를 필요도 없다. 산꼭대기를 목표로 할 필요도 없었다. 산행 기록을 앱에 올리는 것도 그만뒀다. 베리를 비판하는 사람이나 앱에 연결된 산악회 동료 때문이기도 했지만, 더 이상 산행 기록을 남과 공유할 마음이나 댓글에 대한 기대감이 생기지 않았다.

베리를 하다가 등산로로 돌아와서 걷는다. 문득 호박벌의 날갯소리가 귀에 들어왔다. 걸음을 멈추고 귀를 기울이자 역시 그건 등산객들이 이야기를 나누는 소리였다. 나는 갑자기 견딜 수가 없어져 삼나무 숲으로 되돌아갔다.

나무들 사이로 도망치자 겨우 숨통이 트이는 것 같았다. 탁 트인 곳을 찾아 나뒹구는 바위에 앉아서 버너로 물을 끓였다. 메가 씨처럼 커피 그라인더까지 가져오지는 않았지만, 집에서 갈아 온 원두 가루로 커피를 내렸다. 나는 베리를, 메가 씨를 이해하기 시작했는지도 모르겠다.

그러던 어느 날 나는 산속에서 기묘한 감각에 빠졌다.

나뭇가지를 꺾으며 덤불로 들어갔다. 하늘을 올려다보았다. 하얀 햇살 아래 뻗은 나뭇가지들이 까매 보였다. 추위는 서서히 누그러지고 있었지만 내뱉는 숨결은 입가를 부옇게 덮었다. 불을 활활 지피듯 속도를 높여서 경사면을 올랐다. 픽스틱을 지면에 꽂고 발밑의 바위에 체중을 실었다. 나뭇가지를 붙잡고 몸을 끌어 올리고, 기어서 바위를 넘었다. 산비탈을 꾹꾹 지르밟으며 나아갔다. 숨이 찼다. 땀이 줄줄 흘렀다. 열기의 공급원처럼 심장이 쿵쿵 뛰었다. 그래도 아랑곳없이 발을 내디뎠다. 이윽고 거칠어진 숨소리가 귓속을 안쪽에서부터 채웠다.

비탈이 완만해지자 물속에서 올라온 것처럼 숨을 헐떡이며 멈춰 서서 헬멧을 벗고 땀을 닦았다. 무릎에 손을 짚고 고개를 푹 숙인 채 숨을 내뱉었다. 뚝뚝 떨어진 땀이 지면에 수많은 검은 점을 만들었다.

물통의 물을 마시고 다시 걸음을 옮겼다. 낙엽을 밟는 내 발소리를 들었다. 나무숲 사이를 누비듯이 걸었다. 저 높은 곳의 나뭇잎이 머리 위를 덮어서 산속은 어둡고 조용했다. 뜨겁게 달아오른 몸을 이끌고 능선을 따라 물 흐르듯 내려갔다. 일반 지도도 지형도도 보지 않고 덤덤히 걸어가는데 갑자기 몸이 붕 떠오르는 듯한 기분을 맛보았다. 낙엽을 밟는 소리와 숨소리에 내 심장 소리가 섞였다. 나는 걸어가면서 그 소리들을 들었다. 소리가 멋대로 동조하고, 반발하고, 튀어 오르며 열기를 띤 몸속에서 웅성거리자 취한 것과도 비슷한 느낌이 들었다. 나는 취기에 몸을 맡긴 채 몽유병자처럼 걸어갔다. 문득 낭떠러지에 맞닥뜨린 걸 알아차리고 내가 언제부터 이렇게 걸었나 싶어서 당황스러웠다. 걷는 동안의 의식이 쑥 빠져나가고 없었다. 아주 기묘한 감각이었다. 하지만 불쾌하지는 않았고, 오히려 깊은 잠에 빠졌던 것처럼 기분 좋았다.

산에서 내려온 후에도 한동안 그 감각에서 깨어나지 못했다. 깊은 생각에 잠겼던 것 같기도 하고 아무 생각 없었던 것 같기도 한 그 느낌. 사고(思考)라고 부를 만큼 확실한 것이 아니라 감각에 가까운, 막연한 무언가. 그 속에 깊이 빠져 있었던 것 같은 기분. 딱, 하고 전철에서 머리를 맞았다. "죄송합니다" 하며 동아리 활동이 있었는지 야구방망이를 등에 진 학생이 고개 숙여 사과한 후에야 나는 현실로 돌아왔다. 확인해보니 핸드폰에 아내의 부재중 전화가 세 통 남아 있었다.

깊이 잠드는 듯한 감각. 이것이 그때 메가 씨가 말했던 감각일까. 매주 메가 씨가 뭔가에 홀린 듯 산을 오른 건 남들이 이해할 만한 이유가 있어서가 아니라, 그것이 메가 씨에게 쾌락에 가까운 감각이었기 때문이리라.

산의 색깔이 바뀌었다. 수풀은 부풀어 올랐고 덤불도 두께와 밀도가 더해졌다. 수풀을 밟으면 홀씨가 보얗게 피어올라 재채기가 났고, 벌레들이 쳐놓은 실이 얼굴에 걸렸다.

메가 씨가 말한 '좋은 계절'이 끝나가고 있었다.

에비에의 상가 빌딩 보수 공사가 끝났다. 다른 현장에서 발주가 들어오지 않은 상태로 에비에의 현장은 마무리됐다. 회사는 다시 어빈의 발주를 기다리게 됐다. 핫토리 과장이 주도한 공격적인 영업은 클레임만 늘렸을 뿐 헛수고로 끝났고, 대형 종합 건설사와 건물 관리 회사에서 공사과가 놀지 않을 만큼은 일거리가 들어왔지만, 이익률이 낮아서 회사는 자금 융통에 압박을 받았다. 사장은 변함없이 스미 씨와 자주 외출했고, 우에무라 부장은 다시 미간에 주름이 깊어졌으며 날마다 눈 밑의 그늘도 짙어졌다.

설마하니 에비에의 보수 공사 하나로 그간의 문제가 해결될 리는 없었다. 어빈 시설과에서 파견된 사람 세 명을 받아들이는 것과 에비에의 공사 발주에 무슨 관련이 있는지는 모르지만, 어쩌면 어빈도 스미 씨도 그게 최선이었을지 모른다. 사실상 상황은 하나도 달라지지 않았고, 언젠가 또 인원 정리 이야기가 나올 수도 있다. 예전과 다른 점은 이제 메가 씨가 없다는 것과 그래도 내가 산행을 그만두려고 하지 않는다는 것이었다.

신사에 자리한 나무의 어린 잎사귀들이 바람을 머금고 흔들리는 모습이 창문으로 보였다. 창문 앞 메가 씨의 책상에는 테스트용 견본 타일이 담긴 박스가 쌓여 있었다. 다몬 씨는 양손으로 수화기를 잡고 머리를 꾸벅꾸벅 숙이며 "네, 죄송합니다. 네, 네, 정말 죄송합니다" 하고 어딘가에 거듭 사과했다. 지난주, 공사과 다케우치 과장이 갑자기 그만뒀다. 회사는 다시 위기에 빠졌다. 아니, 그게 아니라 무엇 하나 변하지 않았던 것이다.

대체 휴무를 얻은 날, 일기예보가 빗나가서 아침부터 비가 내렸다. 유리창을 기는 빗방울 때문에 회색으로 흐려진 거리가 일그러져 보였다. "그럼 다녀올게" 하고 일하러 가는 아내와 아내 품에 안긴 딸을 실내복 차림으로 현관에서 배웅했다.

창밖 빗소리를 들으며 지도 복사본에 매직펜으로 선을 그었다. 고스케 골짜기에서 이시키리 등산로, 서쪽으로 향하면 오쓰키지고쿠 골짜기. 나는 삭제된 메가 씨의 산행 기록을 떠올리려고 애썼다. 메가 씨의 루트를 따라가는 건 위험한 짓일지도 모르지만, 어쩌면 메가 씨가 거기 있을지도 모른다.

하지만 메가 씨는 계정과 함께 루트들을 삭제했다……. 베리를 그만둔 걸까. 문득 그런 생각이 들었다. 매직펜이 골짜기에 멈추자 빨간 잉크가 번졌다. 고집을 꺾지 않고 회사를 그만뒀으니 뭔가 비빌 언덕이 있었을지도 모른다 싶어 메가 씨와 친하게 지냈던 몇몇 업자에게 물어보았지만, "나도 몰라요"라는 대답이 돌아왔다. 그들에게도 아무 연락이 없었다고 한다.

닛타 테크에 관련된 업자에게는 부탁하기 어려울 테고, 구직 활동을 해봤지만 좀처럼 일자리가 없어서 생활이며 가족이며 그 외 여러 가지 문제가 눈앞에 닥치는 바람에 산에 오를 상황이 아닌 걸까. 그런 와중에 메가 씨의 생각에도 변화가 생긴 걸까. 계정과 함께 산행 기록을 삭제한 타이밍. 내게 연락도 없고 픽스틱을 찾아가려 하지 않는 것도 그런 사정과 관계가 있을지도 모른다.

어느덧 비가 그쳤다. 흐린 하늘에 희미한 햇빛이 비치자 유리창에 맺힌 빗방울이 반짝였다. 비구름 레이더를 확인했다. 긴키 지방을 뒤덮었던 거대한 비구름은 한신칸(고베시와 오사카시 사이에 끼인 넓은 지역을 가리킨다)을 피하듯 두 갈래로 갈라져 동쪽으로 길게 뻗어 있었다. 나는 즉시 실내복을 벗었다.

역에서 버스를 타고 강 옆 길을 나아갔다. 길가에 심긴 벚나무의 가지 끝이 봉긋하니 붉었다. 공원 앞에서 버스를 내렸다. 산 위로 청회색 하늘의 빛깔이 옅어져서 마치 능선을 따라 희미하게 빛이 발하는 것처럼 보였다.

풀을 밟고 돌을 차며 계곡물을 따라 골짜기로 들어갔다. 메가 씨와 함께 왔을 때와는 계곡의 색깔이 완전히 달라졌다. 그때는 풀도 나무도 시든 것처럼 빛이 바랬지만, 지금은 함초롬하니 색깔이 선명했다. 등산화가 파묻힐 만큼 질척한 흙을 아이젠으로 찍으면서 경사면을 올랐다. 부서진 바위와 돌이 쌓인 경사면을 통해 계곡을 거슬러 올랐다. 머리 위를 덮은 울창한 나뭇잎도, 바위에 낀 이끼도 밝아 보였다. 물줄기가 철철 흘러나오는 둑 옆을 경사면에 들러붙어서 올라갔다. 젖은 바위에 발을 디디고 나무뿌리를 붙잡으며 작은 폭포를 넘어갔다.

능선에서 경사면을 내려가서 둑 안쪽으로 들어갔다. 썩은 나무줄기와 나뭇가지가 자갈과 함께 비취색 물속에 쌓여 있었다. 선 채로 말라버린 하얀 나무줄기를 밟고 나아갔다. 바위 사이를 물이 소리도 없이 흘렀다. 가슴을 젖히고 계곡의 습기 찬 공기를 들이마셨다. 물줄기에 들어가서 걸었다.

큰 폭포가 보였다. 비로 불어난 물이 힘차게 떨어져 내리며 물기둥을 만들었다. 물기둥이 용소에 부딪쳐 깨지면서 피어오른 물보라가 주변에 부옇게 퍼져나갔다. 나는 물보라를 맞으며 물통에 물을 담았다.

산 아래에서 가져온 불안을 질질 끌며 산을 걸었다. 아무도 없는 산에서 혼자 생각해보고 싶었다. 산속을 대여섯 시간 돌아다녔다. 일상에서 이토록 긴 시간 동안 누구와도 접하지 않고 혼자 생각에 빠질 수 있을까. 생각해본들 소용없다는 건 알지만 걷고, 몸이 달아오르고, 땀을 흘리면 내가 품은 불안이 어떻게 변할지 알고 싶었다.

경사면을 올랐다. 몸이 뜨거워졌다. 하지만 아무리 오르고 걸어도 낙엽에 불을 지핀 것처럼 불안은 변함없이 뭉게뭉게 피어올랐다. 푹 빠진 발을 뽑아 낙엽을 차올릴 때마다 불안이 끊임없이 뿜어져 나왔다. 부풀어 오른 불안이 목을 누르는 것처럼 숨쉬기가 힘들어져서 나도 모르게 발라클라바를 벗었다. 열이 오른 머리에서 땀이 줄줄 흘러내렸다.

메가 씨도 똑같지 않았을까. 아무리 계곡을 잘 건너고 가파른 벼랑을 능숙하게 올라도 불안은 사라지지 않고, 오히려 혼자 걸으면 걸을수록 점점 불안이 솟아오른다. 후지키 상무, 회사, 업무, 그리고 잘은 모르지만 가족 일까지. 그 외에도 다양한 문제가 있었을 메가 씨도 자기 할 일을 할 뿐이라고는 했지만 홀로 산을 돌아다니며 숨이 막힐 만큼 큰 불안을 느꼈던 것 아닐까.

풀숲을 빠져나와 예전에 본 공동주택 아래의 둑을 올라 포장길로 나왔다. 가드레일 옆에 배낭을 내려놓은 후 헬멧을 벗고 땀을 닦았다. 물통에 담아 온 폭포수를 마셨다. 그때 파도 같은 소리가 들려서 눈을 들자 독일산 흰색 SUV가 눈앞을 빠르게 지나갔다. 뒷좌석에 탄 아이들이 열린 창문으로 손과 얼굴을 내밀고 내가 있는 쪽을 가리키며 뭐라고 소리쳤다.

땀에 젖은 등산복을 갈아입고 풀숲으로 돌아갔다. 원래 왔던 루트로 돌아갈 생각이었지만, 어느새 나는 풀숲을 헤치며 사람이 지나다닌 흔적을 찾고 있었다. 메가 씨를 따라서 지나갔던 그 길을.

엉겨 붙는 풀을 잡아 뜯으며 몸부림치듯 나아갔다. 하지만 얼기설기 얽힌 풀숲에 누가 지나갔다고 확신할 만큼 분명한 흔적은 없었다. 풀숲을 헤치며 또 생각했다. 메가 씨는 그만뒀을지도 모른다. 회사가 위기에 처하자 혼자 산속에서 불안을 곱씹고, 불안에 맞서며 끈덕지게 버텼던 메가 씨도 실제로 실직하고 생각처럼 다음 직장이 정해지지 않자 마침내 일 문제, 생활 문제, 가족 문제에 몰려서……. 메가 씨는 분명 올해로 마흔세 살. 이 업계에 오래 종사했지만 자격증은 없었다. 회사에서 한꺼번에 접수하는 2급 건

축시공관리기사 자격시험에 분명 작년에도 접수했었다. 무자격증에, 그 나이에, 본인 사정으로 회사를 관뒀으니 형편이 어려울지도 모른다. 이제 수첩에 '산'이라고 딱 한 글자를 적어 넣을 여유조차 잃었을지 모른다.

적어도 사과를 하고 싶었다. 그때 메가 씨는 어떤 심정으로 내 말을 들었을까. 반론할 수도 있었으리라. 혼자 베리를 해봐라, 불안은 잊을 수 있는 게 아니다, 그렇게 말하고 싶었을지도 모른다. 하지만 감정이 격해진 내게 말해봤자 소용없다 싶어 입을 다문 걸까.

후지키 상무의 노트를 보관하고 있다가 사장과 직담판한 메가 씨. 메가 씨는 자기 나름의 방식으로 일을 해왔다. 대기업이 맡기는 하도급에 안주하지 않고, 혼자 거래처를 돌아다니며 직접 영업해 원도급사로서 공사를 수주한다. 그건 정비된 등산로에서 벗어나 길 없는 덤불을 헤치고 들어가는 베리와 통하는 구석이 있는지도 모르겠다.

그때 메가 씨는 말로는 이해시킬 수 없을 것 같아서 내게 아무 말도 하지 않았겠지만, 그렇다면 역에서 마지막으로 내게 하려던 말은 무엇이었을까. 나는 그 말을 듣고 싶었다. 그리고 메가 씨에게 사과하고 싶었다.

지금 돌아가지 않으면 어두워질 것이라 생각하면서도

나는 풀숲에서 계속 발버둥 쳤다. 빽빽이 들어찬 풀에 짓눌리면서도 기다시피 앞으로 나아갔다. 온몸이 뜨끈해졌다. 어디가 앞뒤고 좌우인지도 모르겠는 상태로 풀을 헤치고, 찢긴 나뭇잎과 흙으로 범벅이 되면서 풀숲을 나아갔다.

그런데 한순간 뒤얽힌 시든 풀색 저편에서 검은 뭔가가 튀어 오른 것처럼 보였다. 잘못 봤나 싶었던 순간, 풀을 서벅서벅 밟는 소리가 들렸다. 그 발소리는 경쾌한 리듬으로 멀어졌다. 오소리나 멧돼지는 아니다. 메가 씨. 아니, 설마 하고 바로 부정하면서도 나는 허둥지둥 일어서서 풀숲을 헤쳤다. 하지만 엉겨 붙는 시든 풀색 물살이 워낙 거세어서 뒤로 밀려났다. 나는 다시 물살 아래로 잠수하듯 기어서 나아갔다. 덩굴이 다리를 확 잡아당겼다. 휴대용 톱으로 덩굴을 끊어냈다. 메가 씨! 소리를 지를까. 그렇게 생각한 순간 풀숲이 끝나고 눈앞에 골짜기가 펼쳐졌다.

산비탈을 하얗게 도려낸 것처럼 군데군데 경사면이 무너졌다. 황혼에 젖어 노랗게 물든 하늘을 푸르스름한 조각구름이 떠다녔다. 골짜기는 아직 훤히 보일 만큼 밝았지만, 거기에 사람은 없었다.

로프를 사용해 나무숲이 이어지는 곳에서 골짜기로 내려간다. 주변에 점점이 보이는 연보랏빛 등불 같은 것은 퍼진철쭉으로, 골짜기를 감싸듯이 군생하고 있었다. 경사면을 타고 골짜기 바닥으로 향했다. 나는 더 이상 지도를 보지 않았다. 여기가 어디로 통하는지는 모르지만 누군가가, 어쩌면 메가 씨가 여기로 내려왔을 터였다. 조약돌을 밟고 미끄러져서 한쪽 아이젠이 벗겨졌다. 사슬이 얽힌 채 아이젠은 골짜기로 떨어졌다. 나는 픽스틱을 쥐고 일어서서 경사면을 긁으며 내려갔다.

햇볕의 열기가 가시면서 옅게 피어오른 안개가 산자락의 나무들 사이에서 골짜기로 길게 뻗어 있었다. 주변을 둘러보았지만 사람은 없었다. 역시 잘못 본 것이고, 그 발소리도 환청이었을까.

골짜기 바닥의 바위에 앉아 사방을 올려다보았다. 푸르른 신록은 옅은 안개에 녹아들었고, 안개에 걸러진 석양이 부드럽게 주변을 감쌌다. 골짜기에는 물줄기가 졸졸 흘렀다. 나는 몸을 구부려서 뜬 물을 버너에 붓고 끓였다. 필터를 펼치고 원두 가루를 부었다. 평평하게 고른 원두 가루에 뜨거운 물을 부었다. 거품이 일면서 가루가 부풀어 올랐다. 느슨하게 꼬이듯 피어오른 김이 옅은 안개 속으로 사라졌다. 커피를 한 모금 마시고 숨을 내쉬었다.

물줄기에 헹군 스테인리스 컵을 배낭의 카라비너에 달

고 일어섰다. 나무들이 늘어선 경사면에서 빠져나갈 길을 찾으며 골짜기 바닥을 걸었다.

골짜기를 둘러싼 퍼진철쭉의 보랏빛이, 눈이 시릴 만큼 눈부셨다. 그중 가지 끝에 파란 꽃이 달린 퍼진철쭉 한 그루가 문득 눈에 들어왔다. 신기해서 가까이 다가가 살펴보니, 아직 새것 같아 보이는 파란색 타탄 무늬 마스킹 테이프였다.

인생이라는 베리에이션 루트를
나아가기 위해

　2024년 12월, 오래 살았던 서울과 작별하고 인천에 보금자리를 마련했다. 정이 안 든 줄 알았는데 세월은 무시를 못 하는지, 새 동네는 낯설기만 하고 옛 동네가 그리웠다. 그래, 이럴 때는 산책이 최고지, 하는 마음을 먹고 일단 인터넷 지도로 주변 탐색. 멀지 않은 곳에 180미터쯤 되는 산이 있었다. 간만에 산에나 올라가볼까. 지도를 보고도 길을 잃는 길치인지라 잠깐 헤맨 끝에 산어귀에 도착. 거기서도 등산로를 찾지 못해 고생하다가 저 위쪽에 보이는 능선을 향해 '베리에이션 루트'에 도전했다.

　산자락은 그리 가파르지 않았지만 늦은 시간에 오면 길을 잃지 않을까 걱정되는 정도이기는 했다. 운동 부족으로 숨이 차오르고 다리가 아팠지만 얼른 산자락에서 벗어나기 위해 한 발짝 앞만 보고 부지런히 걸음을 옮겼다. 그리고 드디어 능선에 도착. 그제야 새 동네를 낯설어하는 마음도, 일거리를 포함해 앞날을 걱정하는 마음도 다 잊고서 잠시나마 산행에만 집중했다는 걸 깨달았다. 사람 사는 곳과 이어져 있지만 동떨어져 있기도 한 산에서 현실을 잠시 잊은 것이다.

이 책의 주인공 하타는 이직한 직장에서 자기 자리를 확고히 하기 위해 애쓰는 인물이다. 아내와 딸이 있지만 주말도 반납하고 산악회의 산행에 참가한다(직장 내 인간관계를 위해). 한편 메가는 산을 좋아하는 건지 롯코산맥을 사방팔방 돌아다니며 베리에이션 루트를 개척한다. 하타는 메가에게 관심을 품는다. 베리에이션 루트가 뭐길래 직장에 녹아들 생각은 전혀 없이 주말마다 산을 헤매고 다니는 걸까.

산은 위험한 곳이다. 아무리 낮은 산도 잘 닦아놓은 등산로에서 벗어나면 덤불, 비탈, 벼랑 등이 앞길을 가로막는다. 자칫하면 죽을 수도 있다. 메가는 그렇듯 실존하는 '진짜' 위기를 맛보며 살아 있음을 실감하는 듯하다. 하타의 눈에는 그런 메가가 현실을 도피하는 것으로밖에 보이지 않는다. 사람들이 살아가는 곳에서 생활과 맞서야 하는데 그런 현실에서는 눈을 돌리고 있다고.

하지만 그것이 정말 도피일까. 어쩌면 메가는 산행을 통해 삶의 동력을 얻고 있는 게 아닐까. 산속에서 맞닥뜨린 위기를 극복하며 살아 있음을 실감하고, '그런 위험도 이겨 냈는데 이쯤이야'라는 생각으로 다시 현실에 맞서는 걸지도 모른다. 그리고 어떤 일을 통해 하타도 베리에이션 루트를 개척하는 메가의 심정을 조금 이해하게 된다.

그러나 산을 타면서 위험한 상황을 극복한다고 해서 강인한 인간이라는 것은 아니다. 이 작품에서 강인한 인간은 따로 있다. 바로 하타의 아내다. 그녀는 보험 회사에 풀타임으로 근무하면서 어린 딸을 돌보고, 남편이 주말에 혼자 산을 타러 가는데도 사회생활이라며 관대하게 넘어간다. 산을 타지 않아도 그녀는 혹독한 현실에서 당당히 버티고 있다.

어쩌면 하타와 메가가 베리에이션 루트로 산행하는 것은 강인하지 못한 그들이 산보다 더 험난한 인생을 살아내기 위한 방법일지도 모른다. 하루살이 같은 번역가가 잠깐이나마 산을 타면서 시름을 잊는 것처럼.

작가 마쓰나가 K 산조는 그 자신이 직장을 다니는 겸직 작가다. 그리고 등산 애호가이기도 하단다. 그런 자신의 삶을 바탕으로 한 것일까. 생활인의 지리멸렬한 매일매일의 불안을 등산에 빗대어 절묘하게 담아냈다. 그래, 인생이야말로 진정한 베리에이션 루트다. 어떤 이는 그나마 쉽게, 어떤 이는 어렵게 나아가며, 어떤 이는 목숨을 잃기도 한다. 누구도 피할 수 없는 그 길을 걸어가는 방식은 사람마다 다르며, 때로는 위험한 도전을 통해 일상을 견딜 힘을 얻기도 한다.

주변에 산이 있다면 한번 올라가서 자신만의 베리에이션 루트를 개척해보도록 하자. 다시 일상으로 돌아와 앞으로 나아가기 위해.

2025년 1월
김은모

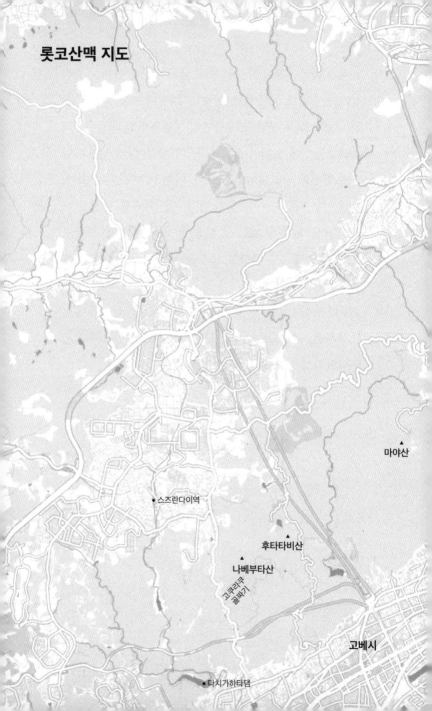

롯코산맥 지도

마야산

스즈란다이역

후타타비산

나베부타산

고쿠라쿠
골짜기

고베시

다치가하타댐

• 아리마 온천

도도야 길

롯코산 ▲

구로이와 골짜기
나나마가리 루트

히가시오타후쿠산

간논산 ▲   • 주린지절

이모리산 ▲

• 아마가 고개

고스케 골짜기

• 덴구 바위

• 요코 연못

롯코 케이블카
산위역 •

• 니시산 대폭포

이시키리
등산로

가자후키 바위   • 록가든

아부라코부시산 ▲

오쓰카지고쿠
골짜기

▲ 고진산

고자강

• 우즈모리다이

▲ 긴초산   • 가에루 바위

에게산
유적지   • 아시야가와역

롯코 케이블카
산아래역 •

스미요시강

아시야시

• 미카게역

마쓰나가 K 산조 松永K三蔵 간세이가쿠인대학 문학부를 졸업했다. 직장
생활을 하면서도 습작을 이어가다 첫 작품 《카메오》가 2021년 군조신인
문학상 우수작에 선정되며 문단에 발을 디뎠다. 이후 두 번째 작품 《베리
에이션 루트》로 제171회 아쿠타가와상을 수상하며, 단 두 작품으로 일본
신인 작가에게 주어지는 모든 영예를 안았다. 일명 '오모로이 순문(재밌는
순문학)'을 표방하는 작가로, 문학성이라는 핵을 간직한 채 심플하고 재밌
는 작품을 추구한다.

옮긴이 김은모 일본 문학 번역가. 아직 국내에 알려지지 않은 다양한 작가의
작품을 소개하고자 노력하고 있다. 옮긴 책으로는 나가이 사야코의 《고비
키초의 복수》, 유키 하루오의 《십계》《방주》, 우케쓰의 '이상한 시리즈', 미
치오 슈스케의 《폭포의 밤》, 미야베 미유키의 《비탄의 문》 1·2, 이케이도
준의 《변두리 로켓》, 히가시노 게이고의 《사이언스?》 등이 있다.

베리에이션 루트

1판 1쇄 발행 2025년 2월 24일

지은이 · 마쓰나가 K 산조
옮긴이 · 김은모
펴낸이 · 주연선

(주)은행나무
04035 서울특별시 마포구 양화로11길 54
전화 · 02)3143-0651~3 | 팩스 · 02)3143-0654
신고번호 · 제 1997—000168호(1997. 12. 12)
www.ehbook.co.kr
ehbook@ehbook.co.kr

ISBN 979-11-6737-525-4 (03830)